리처드 2세

나남
nanam

이 성 일

1943년 생.
연세대학교 명예교수.
한국시 영역집으로 *The Wind and the Waves: Four Modern Korean Poets*,
The Moonlit Pond: Korean Classical Poems in Chinese, *The Brush and the
Sword: Korean Classical Poems in Prose*, *Blue Stallion: Poems of Yu
Chi-whan* 등이 있고, 고대영시 현대영어역인 *Beowulf and Four Related Old
English Poems: A Verse Translation with Explanatory Notes*를 펴내었다.

나남 셰익스피어 선집 ❶
리처드 2세

2011년 8월 5일 발행
2011년 8월 5일 1쇄

지은이_ 윌리엄 셰익스피어
옮긴이_ 李誠一
발행자_ 趙相浩
발행처_ (주) 나남
주소_ 413-756 경기도 파주시 교하읍
　　　출판도시 518-4
전화_ (031) 955-4600 (代)
FAX_ (031) 955-4555
등록_ 제 1-71호(79. 5. 12)
홈페이지_ www.nanam.net
전자우편_ post@nanam.net

ISBN 978-89-300-1901-9
ISBN 978-89-300-1900-2(세트)
책값은 뒤표지에 있습니다.

나남 셰익스피어 선집 1

리처드 2세

윌리엄 셰익스피어 지음 | 이성일 옮김

나남
nanam

King Richard II

by

William Shakespeare

nanam

故 오화섭(吳華燮, 1916~1979) 교수님께

셰익스피어의 작품 번역에 임하며

　가끔 셰익스피어의 작품들을 우리말로 무대에 올리곤 한다. 공연이 있을 때마다 내가 의아하게 생각하는 점이 하나 있었다. 그것은 공연을 홍보하는 리플릿이나 프로그램에 번역자의 이름이 나타나는 경우가 거의 없다는 사실이다. 누구의 번역을 가지고 공연에 임하는지 확실히 밝히지 않는 처사를 보고, 처음에는 나름대로 공연의 윤리적 측면에 대해 의구심을 가졌다. 그러나 나는 곧 그 이유를 알게 되었다. 한 편의 연극을 무대에 올리고자 하는 연출자는 극의 대사가 얼마나 무대 위에서 극적 효과를 살려낼 수 있으며, 또 배우들이 과연 정해진 극 진행 속도에 맞추어 대사를 효과적으로 전달할 수 있느냐를 고려하지 않을 수 없다. 번역되어 이미 활자화된 텍스트를 읽으며, 연출자들은 그네들이 목표로 하는 무대 공연의 효과를 위해 어쩔 수 없이 텍스트를 손질하여 공연에 임하게 되므로, 실상 번역자가 누구라고 밝히는 것 자체가 어려운 일이 되고 만다.

　이는 무엇을 의미하는가? 연극에 있어서 공연대본 제공자(번역극에서는 번역자)와 연출자 사이의 관계를 생각할 때, 작곡자와 연주자 사이의 관계를 대입하여 보면, 문제는 쉽게 정리된다. 악보대로 연주할 책임이 부과된 연주자가 악보의 여기저기를 바꾸어가며 곡을 들려줄 때, 그것을 바람직한 연주라고 할 수 있을까? 아무리 연출자의 의도가 중요한 것이라 해도, 주어진 작품의 변형을 시도하는 것은 바람직하지 않다. 극문학의 생명은 무대 위에 선 배우들이 들려주는 대사인데, 그것이 연출자의 생각대로 변형, 축소, 압축, 또는 개조된다면, 그 공연은 이미 셰익스피어의 작품 공연이 아니다. 한 작품의 줄거리만을 살려 무대 위에 형상화했을 때, 그것을 셰익스피어의 작품 공연이라고 부를 수는 없다. 셰익스피어는 많은 경우에 이미 잘 알려져 있는 이야기를 소재로 하여 작품을 썼기 때문에, 같은 '스토리'가 무대 위에서 전개된다고 해서 그것을 셰익스피어의 작품 공연이라고 부를 수는 없다. 셰익스피어 극문학의 본질은 그가 써 놓은 행들에서 그 에쎈스를 찾아야 한다. 가장 이상적인 공연은 셰익스피어가 쓴 원전 텍스트를 그대로 무대 위에 재현하는 것임에 틀림없다. 따라서 번역된 텍스트가 셰익스피어가 써 놓은 영문 텍스트를 반항하는 것이 아닐 경우, 우리는 그 공연을 셰익스피어의 작품 공연이라고 불러서는 안 된다.

  셰익스피어의 극작품들은 무대 공연을 위한 대본을 제공하려는 그의 노력이 낳은 결과물이라는 사실을 우리는 결코 잊어서는 안 된다. 셰익스피어의 작품들이, 몇 군데 특수효과를 위해 산문으로 쓴 부분들을 제외하고는, 거의 다 'blank verse'〔약강오보격무운시(弱强五步格無韻詩)〕의 형태로 쓰인 데에는 이유가 있다. 영어에서 가장 자연스러운 무대발화(舞臺發話)는 — 시의 경우와 마찬가지로 — 약강오보격이다. 그리고 작가가 특별한 의도를 가지고 시도하지 않는 한, 각운(脚韻)은 자연스런 일상 대화에서는 쉽게 나타나는 현상이 아니다. 무대에서 가장 자연스럽게 들리고 또 배우들이 편안한 호흡으로 대사를 들려주는 데에는 'blank verse' 처럼 좋은 것이 또 없다. 셰익스피어가 인위적으로 만들어낸 시형(詩形)이 아니라 자연스레 나타난 대사 발화의 형태가 'blank verse'인 것이다. 그렇다면, 번역에서도 원작이 갖는 말의 음악이 반항되어 들려야 할 것이다. 작품에 담겨 있는 철학적 내용이나 작품 형성의 테크닉과 같은 문제를 떠나, 우선 셰익스피어 문학의 탁월성은 그가 들려주는 '말의 음악'에서 찾아야 할 것이다.

셰익스피어의 작품 번역에서 가장 중요한 것은 두 가지 요소이다. 원작자가 시도한 것이 청중이 쉽게 따라갈 수 있는 평이한 일상적인 대화에 가까운 대사를 제공하려는 것이었음과 마찬가지로, 번역문도 무대에서 배우들이 편안한 호흡으로 들려주고 청중들이 쉽게 따라갈 수 있는 대사여야 한다는 것이 그 하나이다. 또 하나는 셰익스피어가 쓴 시행들을 반향하는 번역 ― 우리말로 치환된 셰익스피어의 시행들 ― 을 만들어내야 한다는 것이다. 셰익스피어의 'blank verse'를 우리말로 전환하는 것이 아예 불가능한 일이라고 생각하고 산문으로 번역한 분들도 있었다. 산문 번역이 반드시 나쁜 것은 아니지만, 종래의 산문 번역에서 감지되는 것은 원문의 의미를 설명하는 '뜻풀이'의 성격을 띤 번역으로 나타난 경우가 더러 있었기 때문에, 무대 공연에 있어 필수적으로 요구되는 극적 긴장감과 대사의 간결함을 결한 경우가 없지 않았다는 사실이다.

나의 번역은 산문 번역도 아니고 운문 번역도 아니다. 다만, 나는 셰익스피어의 시행들을 그 리듬에 있어 반향하는 행들로 번역하였다. 우리말에서 각운은 있지도 않거니와 필요치도 않다. 어찌 보면 우리말은 오히려 두운(頭韻)을 지향하는 속성을 지닌다. 그러나, 그렇다고 해서 두운이란 것이 의도적으로 시도한다고 해서 나오는 것도 아니다. 우리말이 갖는 속성을 따라 자연스럽게 두운이 나타나는 것은 조금도 이상할 것이 없다. 문제는 약강오보격으로 진행되는 'decasyllabic'(10음절의) 행을 어떻게 평이한 우리말로 옮기느냐이다. 그런데 이 문제도 어떤 의도적 노력을 필요로 하는 사안이 아니라는 사실을 번역하는 중에 깨닫게 되었다. 원작의 시행이 갖는 리듬을 우리말에서 살려내되, 행이 너무 길어지지 않도록 하고, 리듬 면에서 상응하면 되는 것이다. 번역에 있어 번역자가 행들을 '만들어낸다'고 생각하면 안 된다는 것이 나의 소신이다. 행을 만들어내는 주체는 번역자가 아니라, 원작의 시행들이다. 원작의 시행들을 읽을 때 번역자로 하여금 그에 상응하는 우리말 행들을 적어나가도록 만들어 주는 것은, 번역자의 의식이 아니라 원전이 갖는 말의 마력인 것이다.

　나는 셰익스피어 번역에 임하면서 원작의 시행 전개를 그대로 내 번역에 투영시키고 싶었다. 그런 연유로 셰익스피어가 썼던 그대로의 시행 전개를 번역에서도 시도하였다. 이를테면, 원작에서 행이 바뀌면 나의 번역에서도 행이 바뀐다. 물론, 말의 구조와 문법체계가 다르기 때문에 다소간의 변형은 불가피한 일이다. 나타난 결과는 원작에서 한 장면이 갖는 행수와 내 번역에서의 행수가 거의 일치한다는 것이다. 다시금 강조하거니와, 셰익스피어가 작품 활동을 한 유일한 목적은 공연 일정에 맞추어 연극 대본을 제공하는 것이었다. 학자들로 하여금 '연구'할 자료를 주려는 것이 아니라, 배우들의 입에 쉽게 오를 수 있고, 청중이 듣고 즐길 수 있는 대사를 마련하려는 것이었다. 그렇다면 셰익스피어의 우리말 번역도 무대 위에서 대사를 들려주는 배우들이 편안한 호흡으로 객석을 향해 전해 줄 수 있는 공연 대본을 염두에 둔 것이라야 할 것이다. 배우들의 자연스런 호흡과 일치하고, 무대 위에서의 몸의 동작과 동떨어지지 않는 압축된, 그러나 관객이 편안하게 따라가며 즐길 수 있는 공연 대사, 그것을 제공하는 것이 셰익스피어 작품의 우리말 번역이 지향하여야 할 목표라고 나는 생각한다.

이 성 일

1. 이 번역의 근간이 된 텍스트는 Peter Ure가 편집한 *King Richard II*(The Arden Edition of the Works of William Shakespeare, Methuen, 1961)이다. 이 책 이외에 G. Blakemore Evans가 편집한 *The Riverside Shakespeare* (Houghton Mifflin, 1974)와 G. B. Harrison이 편집한 *Shakespeare: The Complete Works*(Harcourt, Brace & World, 1968)를 곁에 놓고 번역을 진행하였다.

2. 셰익스피어가 쓴 그대로를 우리말로 치환하여 놓음으로써, 원전을 읽을 때의 감흥을 독자가 우리말 번역문을 읽는 동안에도 가져볼 수 있을지도 모른다는 희망을 가지고 번역에 임하였다. 그래서 가능한 한 원전의 시행 전개를 벗어나지 않고 그와 일치하는 번역을 목표로 작업에 임하였으므로, 원전과 번역이 거의 동일한 시행 전개를 보이는 결과를 낳았다. 물론, 이는 다분히 의도한 것이기는 하지만, 역자는 여기서 조그만 희망 하나를 가져본다. 영문학도들이 원전을 읽을 때, 그네들이 읽고 있는 원전의 시행들이 과연 어떤 의미를 갖는지 재확인하는 과정에, 조금이라도 도움이 될 수 있지 않을까 하는 소박한 희망이 그것이다.

3. 위의 욕심을 채우려 안간힘 하는 동안에도, 역자는 이 욕심이 꼭 충족될 수만은 없다는 것을 새삼 깨달았다. 셰익스피어의 '무운시'(blank verse)는 '약강오보격'(iambic pentameter)에 충실하다. 따라서, 화자가 바뀔 때에도, 두세 명의 등장인물이 잇달아서 짧은 대사를 이어갈 때, 원문의 편집자는 이를 한 행으로 처리하는 경우가 많다. 그러나 번역문에서, 화자가 바뀌는데도 불구하고 이를 한 행으로 묶어버릴 수는 없다. 번역문에서는 화자가 바뀌면 자연히 행도 새로이 시작된다. 이런 연유로 번역문에서의 시행 숫자가 원전에서의 그것과 가끔 달라질 수밖에 없었던 것을 밝히고자 한다.

4. 번역된 텍스트를 읽으면서 독자들은 이따금 생소한 고유명사나 어구를 접하고 무슨 의미인지 의아해할 수 있을 것이다. 번역이 학술논문은 아니기 때문에 상세한 주석을 필요로 하지는 않는다. 그러나 역자가 필요하다고 생각한 설명은 간략하게 각주로 처리하였다.

리처드 2세

차 례

등 장
인 물

(무대 등장 순서)

리처드 2세

존 오브 곤트 랭커스터 공작, 왕의 숙부

헨리 볼링브로크 허포드 공작, 존 오브 곤트의 아들
후일 헨리 4세

토머스 모브레이 노포크 공작

글로스터 공작부인 글로스터 공작 토머스 우드스톡의 아내

궁정 의전관

오멀 공작 요크 공작의 아들

전령들

헨리 그린 경

존 부시 경

존 배고트 경

에드먼드 랭글리 요크 공작, 왕의 숙부

헨리 퍼시 노섬벌랜드 백작

로스 경

윌로우비 경

이사벨 왕비

요크 공작의 하인

해리 퍼시 일명 핫스퍼, 노섬벌랜드 백작의 아들

15

버클리 경

솔즈베리 백작

웨일즈 군 부대장

칼라일 주교

스티븐 스크루프 경

이사벨 왕비의 시녀들

정원사

정원사의 심부름꾼

피츠워터 경

무명의 귀족

서레이 공작

웨스트민스터 사원장

요크 공작부인

피어스 엑스턴

피어스 엑스턴의 하인

리처드 왕의 마구간지기

폼프레트 감옥의 간수

경비병들, 병사들, 하인들

장소 ─────────────── 잉글랜드와 웨일즈

1막 1장

윈저 성
리처드 왕, 존 오브 곤트, 귀족들과 시종들과 함께 등장

리처드
연로하신 존 오브 곤트, 풍상 겪으신 랭커스터 공작,
공께서 굳게 맹세코 언약하신 대로, 이 자리에
공의 담대한 아드님 헨리 허포드를 데려오셨나요?
내가 미처 겨를이 없어 소상히 들어 볼 수 없었던,
노포크 공작, 토머스 모브레이를 겨냥한 근자의   5
그 시끌덤벙한 공소를 명확히 밝힐 수 있도록 말씀이오.

곤트
그리하였나이다, 전하.

리처드
그리고 숙부께서는 확실히 알아보셨나요?
오래 쌓인 적의로 인해 모브레이를 모함하는 것인지,
아니면, 충성스런 신하라면 당연히 그래야 하듯,   10
모브레이에게 확연히 드러난 모반의 증좌가 있어서인지.

곤트
그 점에 대해 내가 자식놈으로부터 알아낸 바로는,
모브레이가 전하에게 끼칠 수 있는 확실한 위해 때문이지,
뿌리 깊은 적의 때문은 아니라 믿어집니다.

리처드
그러면, 내 면전에 이 둘을 오도록 하오. 얼굴을 맞닥뜨려,   *15*
서로에게 사나운 표정으로, 고소자와 피소자가
마음껏 대결하는 것을 들어 보고 싶소.
둘 다 의기충천하고 분기탱천하니, 분노에 차,
바다처럼 귀머거리요, 불처럼 가리는 게 없구려.

볼링브로크와 모브레이 등장 ✝

볼링브로크
자애로우신 전하, 소신이 경애하는 주군께   *20*
행복한 나날들로 가득한 해가 거듭되소서.

모브레이
하늘마저도 지상에서의 행운을 시샘하여,
마침내 전하의 왕관에 불후의 명성을 더할 때까지,
하루하루가 그 행복의 강도를 더해 가소서.

리처드
고맙소, 경들. 허나 그대들 중 하나는 빈말을 하는 거요.   *25*
그대들이 여기 온 명분이 이를 입증하오.

둘이 서로 대역죄를 걸어 맞고소를 하니 말이오.
내게는 사촌인 허포드, 그대는 어떤 연유로
노포크 공작, 토머스 모브레이를 탄핵하는 것인가?

볼링브로크
무엇보다, 하늘이 제 말씀을 보장하오리다.   30
제가 모시는 주군의 소중한 안위를 걱정하는 마음뿐,
그 어떤 못돼먹은 사사로운 미움 때문이 아니라,
오로지 전하를 섬기는 신민의 충심으로
저는 전하의 면전에 대령하였나이다.
자, 토머스 모브레이, 너에게 말한다.   35
내 말 잘 듣거라. 내가 하는 말은,
이 지상에 있는 한, 내 육신이 보장한다.
아니면 내 불멸의 영혼이 천국에서 입증하리라.
네놈은 반역자요 흉악범이다. 네 신분을 생각하면
있을 수 없는, 아니, 살 가치도 없는 놈이지.   40
왜냐면 하늘이 맑고 투명할수록,
거기 떠도는 구름이 추하기만 하거든.
네놈의 죄상을 더 뚜렷하게 하려 내 다시 말하건대,
추악한 반역도란 명칭을 네 먹통에 처넣으마.
그리고, 전하께서 윤허하신다면, 이 자리를 떠나기 전,   45
내 혀로 뱉은 말이 옳음을 내 칼을 뽑아 입증하리라.

모브레이
제가 담담하게 여쭌다고 열의를 결한다고 생각지 마소서.
저희 둘 사이의 충돌을 조정하여 마무리 지을 방법은,

날름거리는 혓바닥들이 시끄럽게 각축전을 벌이며
서로 이기려 드는 여편네들에 대한 심판이 아니올습니다.   *50*
뜨거운 피가 죽어서 식게 되어야만 이 싸움은 끝날 것입니다.
주눅 들어 입 다물고 아무 말도 못하는
그런 다소곳한 참을성을 저는 갖지 못하였나이다.
무엇보다, 전하의 면전에서 지켜야 할 도리로 인해,
하고픈 말에 고삐를 늦추고 박차를 가하지 못하옵니다.   *55*
그렇지만 않다면야 그 '말'이 계속 달려나갔다가
되돌아 와 저자의 목구멍에 곱으로 반역의 죄목을 박으오리다.
저자의 몸에 흐르는 왕족의 고귀한 피에도 불구하고,
그리고 저자가 저의 군왕의 인척임을 떠나,
저자를 인간으로 보지 않고, 면상에 침 뱉고,   *60*
비겁한 중상모략자, 악당이라 부릅니다.
이를 입증키 위해, 저자에게 유리한 조건을 허용한 채,
저자를 맞닥뜨리겠습니다. 설령 제가 맨발로
얼어 버린 알프스의 능선을 달려야 할지라도,
아니면 일찍이 영국인이 감히 발길을 내딛지 못한,   *65*
사람이 살 수 없는 그 어떤 곳으로도 말씀입니다.
허나 우선은, 이 검이 저의 충정을 입증하오리다 ─
아무리 좋게 보아도, 저자는 거짓투성이옵니다.

볼링브로크
창백하게 질려 떠는 비겁자, 자, 여기 내 장갑을 집어라.
임금의 종친이라는 허울을 떨치고,   *70*
내 몸에 흐르는 고귀한 왕통의 피를 잠시 잊노니,
이는 네가, 경외감 때문이 아니라, 두려움 때문에 저어하는 것 ─

죄책감에 찌든 두려움이 아직도 네게 내 명예의 표징을
집어들을 힘을 남겨 놓았거든, 허리 굽혀 집으렴.
그리해서, 그 후에 따르는 기사도의 모든 의례대로,   75
무력과 무력이 맞부딪쳐, 내가 한 말들이 사실임을
네게 입증하겠으니 ─ 아니면 더 간특한 모사를 꾸밀 테니 말이다.

모브레이
내 집으마. 그리고 내 어깨에 부드럽게 닿으며
기사 작위를 내린 그 검에 걸어 맹세하노니,
기사도에 어긋남이 없는 정정당당하고 무인다운   80
기개와 절도로서 내 너를 상대해 주마.
그리고 내 만약 반역도이거나 부당한 결투에 임한다면,
살아서 말 등에 올라 다시 살아서 하마치 않을 게다.

리처드
내 사촌인 그대는 모브레이의 죄목을 밝히라.
그에게 불경스런 마음이 있는지도 모른다는 생각을   85
내가 하게 됨은 필경 큰 죄목이 있음일 터.

볼링브로크
제가 아뢰는 바가 사실임에 저의 목숨을 걸겠나이다.
저 모브레이라는 자는 자그마치 팔천 냥의 금화를
전하의 군졸들에 줄 임시 급료라는 명분으로 받아내어,
간교한 반역자, 해악무도한 악당답게,   90
너저분한 용도에 쓸 양으로 착복하였나이다.
그뿐 아님을 여쭙고 결투에서 입증코자 하온데,

비단 이곳뿐 아니오라, 전하의 눈길이 닿을 수 있는
저 먼 변방의 그 어디에서라도,
지나간 열여덟 해 동안 이 왕토 안에서   95
음계되고 획책된 그 모든 반역 행위가
모두 저 간특한 모브레이에게서 연유하였나이다.
그뿐 아니라, 저자의 쓸모없는 목숨에 걸어
이 모두가 사실임을 저는 입증코자 하는 바이온데,
글로스터 공작의 죽음을 획책하였고, 1   100
공작께 적의를 품은 자들을 쉽게 부추기어,
급기야는, 비겁한 반역도답게,
공작의 죄 없는 영혼을 피의 소용돌이에 흘려버렸으니,
신께 제물을 바치던 아벨의 피처럼, 공작의 피는,
말 못하는 동굴 속으로부터 울려 퍼지며,   105
저에게 정의를, 그리고 즉각적인 응징을 명합니다.
그리고 저의 가문의 영예에 걸어 맹세하오니,
제 팔이 이를 행할 것이며, 아니면 이 목숨 버리겠나이다.

리처드

이 얼마나 하늘을 찌를 듯한 결의인가.
노포크 경 토머스, 그대는 무어라 응수하려오?   110

모브레이

아, 전하께옵서는 용안을 돌리시고,

---

1 리처드의 넷째 숙부 글로스터 공작 토머스 우드스톡은 리처드의 사주를 받은
  기사들에 의해 프랑스 칼레에서 살해되었다.

제가 드리는 말씀을 잠시 못 들으셨으면 하옵니다.
왕족의 피를 욕보이는 이 말씀을 ─ 하느님과 선량한 신민들이
얼마나 이 더러운 거짓말쟁이를 미워하는지 ─ 여쭙는 동안.

리처드
모브레이, 짐의 눈과 귀는 불편부당하오.   *115*
볼링브로크가 내 형제, 아니, 내 왕통을 이을 자일지라도 ─
그는 다만 나의 아버님의 아우의 아들인 것을 ─
자, 내 왕홀의 권위에 걸어 내 맹세커니,
나의 성스러운 혈통에 얼마나 가까운가가
그에게 그 어떤 특혜를 주거나 혹은 나의 올곧은   *120*
영혼의 굽힘 없는 굳건함을 흔들 수는 없소.
그 또한 과인의 신하일 뿐이오, 모브레이 경, 그대와 마찬가지로.
내 그대에게 허하노니, 자유롭고 두려움 없이 말하오.

모브레이
그렇다면, 볼링브로크, 네 심장까지 깊숙이 내려 박힌
뒤틀어진 네 목구멍으로 너는 거짓말만 토하는 자다.   *125*
칼레에서 내가 받은 군자금의 4분의 3은
전하의 군사들에게 내 제대로 지급하였다.
나머지는 폐하의 용인하에 내가 보관하였는바,
이는 내가 왕비전하를 모셔 오려 프랑스로 갔을 때
들었던 막대한 경비 중 전하께서 미처 내게   *130*
갚지 못하시어 내게 빚진 액수에 해당한다.
자, 그 거짓말일랑 도로 삼켜라. 글로스터 경의 죽음에 대해선,
내 직접 그분을 살해하지는 않았다. 허나 부끄럽게도 그 일에

23
1막 1장

내가 당연히 이행하였어야 할 임무를 게을리하였다.
제 적인 저자의 아버님이 되시는   *135*
경애하는 랭커스터 공께 말씀드리오니,
제가 한때 공의 목숨을 노려 매복한 적 있사온데,
아직도 저는 그 일로 괴로워하옵니다.
허나 제가 지난번 성체 성사에 임하기 전,
그 일을 고백하였사옵고, 공작님의 용서를   *140*
간곡히 빌었사오니, 제가 용서받았기 바라옵니다.
이것이 제 잘못의 다이옵고, 그 이외의 죄목으로 말하면,
그 모두가 한 악당의 악의가 지어낸 것이오니,
그자는 비겁하고 이를 데 없이 비열한 자이온데,
소신 그에 대해 무고함을 입증코자 하옵고,   *145*
이 못돼먹은 반역자의 발치에
저도 맞받아 제 장갑을 던지오니,
이는 제가 전하께 충직한 신하임을 저자의 가슴에
담긴 그 어떤 고귀한 피라도 흘려 입증하려 함입니다.
이를 서둘러 행할 수 있도록 소신 간곡히 청원하오니,   *150*
전하께서는 저희들의 심판일을 정해 주옵소서.

리처드
분기탱천하는 경들, 내 말을 들으오.
피를 흘리지 않고 이 화기를 씻어냅시다.
내가 의사는 아니나 이런 처방을 내리오.
악의가 깊으면 그를 파낼 칼질도 깊어야 하는 법,   *155*
잊고, 용서하고, 매듭짓고, 타협하구려.
의사들 말로는 피를 내서는 안되는 달이라 하오.

숙부어른, 시작 부분에서 끝내도록 하십시다.
나는 노포크 공을, 숙부께서는 아드님을 달래도록 하지요.

곤트

화해를 중재함이 내 나이에 걸맞겠소이다.   *160*
아들아, 노포크 공의 결투 선언 장갑을 내려놓아라.

리처드

그리고 노포크, 그대도.

곤트

해리, 그리하지 않을 거냐?
아비는 한 번 한 말 되풀이하지 않겠다.

리처드

노포크, 내 명하노니, 던지오. 소용없느니.   *165*

모브레이

경외하는 전하, 전하의 발 앞에 제 몸을 던지옵니다.
저의 목숨은 마음대로 하소서. 허나 저의 치욕은 아니되옵니다.
저의 목숨은 전하의 것이오나, 저의 자랑스런 이름은,
죽어서도 저의 무덤 위에 살아남을 이름만큼은,
전하일지라도 어두운 불명예로 이끌 수 없나이다.   *170*
제가 이 자리에서 모욕받고, 문책과 치욕을 겪었으며,
비방의 독기어린 창에 영혼까지 꿰뚫리었으니,
이 상처를 어루만져 치유할 영약은 오로지 이 독기를

뿜어낸 저자의 심장의 피뿐이옵니다.

리처드
분을 참으오. 내게 그 장갑을 건네주오.   *175*
사자 앞에선 표범도 온순해지오.

모브레이
예, 허나 점들은 안 없어지오이다. 저의 치욕이 전하의 것이 된다면,
저는 결투 도전을 취하하겠나이다. 제게는 둘도 없는 전하,
언젠가는 죽어야 하는 인간에게 가장 소중한 것은
티 한 점 없는 평판입니다. 그것을 빼앗기면,   *180*
인간이란 겉만 번지르르한, 채색한 찰흙일 뿐이오이다.
열 겹으로 굳게 밀봉한 궤, 가슴에 보관된 보석은
충직한 신하의 가슴에 자리한 용기이옵니다.
저의 명예는 곧 저의 목숨, 그 둘이 하나이오니,
저의 명예를 앗으시면, 저의 목숨도 다하오이다.   *185*
그러하오니, 전하, 저의 명예를 지키도록 허하소서.
그럼으로써 저는 사는 것이오며, 그를 위해 죽겠나이다.

리처드
사촌, 손에 든 장갑을 던지오. 먼저 그리하오.

볼링브로크
아, 하느님, 그런 비열한 행위를 하지 않도록 하소서.
내 아버님 앞에서 주눅 들어 보여야 합니까?   *190*
아니면, 이 뻔뻔스런 비열한 앞에서, 겁에 질려

가문을 욕보여야 합니까? 저의 혀가
그런 심약한 말로 저의 명예에 상처를 입히거나,
아니면 그런 비열한 화해를 제안키 전, 저의 이빨은,
이미 한 말을 겁에 질려 취하하는 헛바닥을 깨물어,   195
제 혀가 가 붙기도 수치스러워 할 모브레이의 면상에
피 홍건한 채 뱉어 버리겠나이다.

리처드
내가 할 바는 간청이 아니라 명령인 것을—
그대 둘이 화해하라는 나의 명령이 통하지 않으니,
성 램버트 절 2 코벤트리에서 목숨 걸고 맞닥뜨릴 준비를 하오.   200
거기에서 그대들의 검과 장창이 그대들의
요지부동한 적의에서 솟구치는 충돌을 중재할지니—
내 그대들을 화해시킬 수 없으니, 무사다운 대결에서
누가 승자인지 정의가 보여주기를 기대하겠소.
심판관, 나의 장수들에게 명하오.   205
이 집안싸움을 진행시킬 준비에 만전을 기하도록—

모두 퇴장 ✝

---

2 성 램버트 절(Saint Lambert's Day)은 9월 17일이다. 원래 결투를 통한 심판
   은, 공방을 벌이는 쌍방이 제시한 증거가 확정적 결론을 내리기에 충분치 않
   았을 때, 최종 판결에 이르기 위해 행하는 것이었다.

1막 2장

존 오브 곤트의 집
존 오브 곤트와 글로스터 공작부인 등장

곤트
아, 우드스톡과 피를 나눈 형제라는 사실이,
계수씨가 주장하는 것보다 훨씬 더 강도 높게,
아우를 척살한 자들을 응징하라 내게 이른다오.
허나 우리가 바로잡을 수 없는 그 잘못을 저지른
바로 그 손에 논죄할 힘이 놓여 있으니,   5
우리의 한풀이를 하늘의 뜻에 맡기지요.
지상에서 때가 무르익은 것을 보시게 되면, 하늘은
죄진 자들의 머리에 뜨거운 복수를 퍼부으실 거요.

글로스터 부인
형님으로서, 보다 예리한 복수의 박차를 못 가하시나요?
노인이시지만, 몸에 흐르는 피에 뜨거운 형제애도 없으신가요?   10
아주버님도 그중 한 분이시지만, 에드워드의 일곱 아드님은
그분의 성스런 피가 담긴 일곱 개의 작은 병들이거나,
아니면 한 뿌리에서 시원스레 뻗어난 일곱 가지였거늘―
그 일곱 분들 중 몇은 자연의 순리에 따라 시들어 버렸고,
그 가지들 중 몇은 운명의 여신들이 잘라 버렸지요.   15

허나 제 낭군 토마스, 제 생명, 제 사랑 글로스터,
에드워드의 성스런 피가 담긴 작은 유리병은,
금이 가서 거기 담긴 소중한 유액이 흘러 버렸고,
군왕의 뿌리에서 뻗어난 씩씩한 한 가지는,
질시의 손길, 살육의 피 비린 도끼날에 때 아니게 난도질당해,　20
번성하던 여름의 이파리들 다 시들어 버렸으니 —
아, 곤트님, 남편의 피는 곧 아주버님의 피 —
아주버님을 낳은 그 침상, 그 자궁, 그 정기, 바로 그 틀이
남편을 사나이로 만들었지요. 아주버님이 살아 숨 쉬시지만,
남편과 함께 돌아가신 거예요. 아주버님의 불쌍한 아우가　25
죽임을 당한 걸 참고 보시기만 하는 건, 아주버님의 아버님의
죽음을 용인하심과 다를 게 없는 거지요.
남편은 아주버님의 아버님의 삶을 꼭 빼어 닮았었잖아요.
곤트님, 그걸 인내라 부르지 마세요. 그건 절망이에요.
아주버님의 아우가 살해당한 걸 눈감아 주시는 건　30
아주버님의 생명을 내어 주시는 거와 같아요.
무도한 살인자에게 아주버님도 살해하라고 일러주는 거잖아요.
보통 사람에게는 참을성이라고 일컬어지는 것이
고결한 분들의 경우엔 파리하게 겁에 질린 냉담일 뿐이에요.
무어라 여쭙죠? 아주버님의 생명을 지키기 위한　35
최선의 방도는 제 남편 글로스터의 죽음에 대한 복수뿐이에요.

곤트

이 한풀이는 신의 영역이오. 하느님 권세의 대행자,
도유를 받아 하느님을 대리하는 분이, 하느님 안전에서
글로스터의 죽음을 불러왔으니 — 그에 대한 복수는

우리 보기엔 억울하더라도 하늘에 맡깁시다. 나는 절대로   *40*
하느님을 대신하는 분께 성난 팔뚝을 치켜들지 않겠소.

글로스터 부인
아, 그러면 누구에게 하소연하지요?

곤트
하느님께지요. 남편 잃은 아낙의 수호자이며 방호벽인 —

글로스터 부인
그렇다면 할 수 없지요. 안녕히 계세요, 노쇠한 곤트 어르신.
아주버님은 코벤트리에 가셔서, 조카 허포드와   *45*
사나운 모브레이가 싸우는 걸 보세요.
아, 내 남편의 한이 허포드의 창끝에 맺혀
도살자 모브레이의 가슴팍을 꿰질러 버렸으면!
아니면, 불행히도 제일합에 결판이 나지 않으면,
모브레이의 죄가 그자의 가슴을 무겁게 내리눌러,   *50*
거품 물고 달리는 그자의 말 등허리를 꺾어,
내 조카 허포드에게 철천지원수인 그놈을,
말 등에 앉은 그놈을 결투장 바닥에 내동댕이쳤으면!
안녕히 계세요, 늙은 곤트 어르신. 한때 어르신의
제수였던 저는 슬픔만을 벗 삼아 삶을 마쳐야겠죠.   *55*

곤트
계수씨, 안녕히 가세요. 난 코벤트리로 가야겠어요.
남아 있는 계수씨나 길 떠나는 나나 별 탈 없어야겠지요.

글로스터 부인

한 말씀만 더 — 슬픔은 공처럼 튀어 오르지요.

속이 비었기 때문이 아니라 무거워서지요.

말씀 여쭙기 시작도 하기 전에 작별인사를 드리는군요.　　　　*60*

슬픔이 다한 것처럼 보여도 끝난 건 아니에요.

아주버님의 아우 에드먼드 요크께 안부 전해 주세요.

자, 이게 전부에요. 아녜요, 이렇게 그냥 가시진 마세요.

더 드릴 말씀은 없지만 그렇게 빨리 서두르진 마세요.

더 드릴 말씀이 있는데 — 이렇게 말씀해 주세요 — 그 — 저 —　　　*65*

서둘러서 플래시로 저를 찾아와 주십사고요.

아, 그 마음씨 고우신 요크 공께서 거기서 보실 거라곤,

텅 빈 방, 휘장들을 다 걷어치운 벽,

사람 없는 사무실, 발길 끊어진 돌계단뿐 —

제 신음 소리밖엔 그분을 환영하는 소리가 없을 텐데.　　　　*70*

하니, 이렇게 말씀드려 주세요. 오시지 마시라고요.

와 보셨자 슬픔밖에는 보실 게 없으실 테니까요.

비탄과 절망만을 느끼며 전 여기를 떠나 죽을 거예요.

피눈물을 흘리며 아주버님께 마지막 작별을 고해요.

둘 다 퇴장

1막 3장

코벤트리 마상시합장
궁정 의전관과 오멀 공작 등장 🗡

궁정 의전관
오멀 공, 해리 허포드는 무장을 끝냈소이까?

오멀
그렇소. 완벽하게. 들어올 채비가 됐소.

궁정 의전관
노포크 공도 의기충천 담력무쌍한 상태로
심판 요청 도전자의 나팔소리만을 기다리고 있소.

오멀
그렇다면, 둘 다 결전에 임할 채비가 됐고,   5
전하가 도착하시기만 기다리고 있군요.

나팔소리 울리고, 귀족들 거느리고 왕 등장
그들 좌정하면, 무장한 모브레이 결투 응수자로 등장 🗡

리처드
의전관, 저기 서 있는 용사에게 물으오.
무장을 하고 여기 온 연유가 무엇이며,
그의 이름은 무엇인지. 그리고 절차에 따라,
그의 사유가 정당함을 맹세토록 하시오.   *10*

궁정 의전관
하느님과 전하의 이름으로 묻노니, 그대는 누구이며,
어떤 연유로 그처럼 기사의 무장을 하고,
누구를 대적하려 왔고, 그대의 명분이 무엇인지 말하오.
그대의 기사 신분에 걸어 맹세코 진실을 말하오.
하늘이 그대와 그대의 무용을 지켜 주시기를!   *15*

모브레이
내 이름은 토머스 모브레이, 노포크 공작이오.
내 여기 온 것은 나의 맹세를 지키기 위함이니,
(기사가 맹세를 저버림은 신이 용서치 않으리오)
하느님과 나의 주군과 나의 후손들을 향한
나의 충절과 믿음을 지키려는 것이오. 나의 적수는   *20*
나를 심판 대상으로 고소한 허포드 공작—
하느님의 은총과 나 자신의 무력으로
나 자신을 지켜냄은 물론, 그자가
나의 하느님과 나의 주군과 나에게 반역자임을
증명코자 하니, 정정당당히 싸움에 하늘의 가호 있으리오.   *25*

나팔소리. 무장한 볼링브로크 결투 도전자로 등장 ⚔

리처드

의전관, 무장한 저 기사에게 물으오.

그가 누구이며, 왜 여기 왔는지 ―

저처럼 무겁게 갑주로 몸을 감싸고 말이오.

그리고 우리의 법에 따라 격식을 갖추어

그의 명분이 정의롭다는 것을 천명케 하오.   *30*

궁정 의전관

그대의 이름은 무엇이오? 그리고 그대는 어떤 연유로

군왕 리처드의 마상경기장인 이곳에 온 것이오?

누구를 상대할 것이며, 그대의 명분은 무엇이오?

진정한 기사답게 말하여 하늘의 가호가 있기를.

볼링브로크

허포드, 랭커스터, 그리고 더비의 해리라 하오.   *35*

나 여기 무장을 하고 준비되어 서 있으니, 이는

하느님의 은총과 결투에 임하는 내 육신의 용맹으로,

토머스 모브레이, 노포크 공작과 일전을 겨루어,

그자가 하늘에 계신 하느님, 군왕 리처드, 그리고 내게

추악하고 위험천만한 반역자임을 증명하려는 것이오.   *40*

그리고 내 성실히 싸움에 하늘의 가호 있으리오.

궁정 의전관

죽음을 각오치 않고는, 아무리 담대한 자일지라도,

그 누구도 결투장 접근을 시도하여선 안될지니,

이는 오로지 이 공명정대한 대결을 관장키 위해

임명된 의전관과 관련자들에게만 허용되오.   *45*

볼링브로크

의전관, 내 주군의 손에 입맞춤을 하고
전하 앞에 무릎 꿇는 것을 허용해 주시오.
모브레이와 나는 길고도 지루한 순례길
떠나기를 맹세하는 두 사나이와 같으니 —
우리 둘 제각기의 벗들에게 격식 차린 작별과   *50*
애정 어린 석별을 고할 것을 허용해 주시오.

궁정 의전관

도전자 신하의 도리로써 전하께 예를 표하오며,
전하의 손에 입맞춤을 하고 작별을 고하고자 합니다.

리처드

내가 내려가 그를 나의 품에 안으련다.
사촌 허포드, 그대의 명분이 정당한 만큼   *55*
이 어전 결투에서 행운이 따르기 바라오.
잘 가오, 나의 혈족. 오늘 그대가 피를 흘린다면
나는 슬퍼하리다. 허나 그대 죽음을 복수친 않으리다.

볼링브로크

아, 설령 모브레이의 창에 이 몸 피투성이 될지라도,
고귀한 분들 소생을 위한 눈물 한 방울도 짓지 마시기를!   *60*
먹이감 새를 향해 날카로운 비상을 하는 매처럼,
그처럼 자신감을 갖고 모브레이와 싸울 것이오.

경애하는 저의 주군, 작별을 고하옵니다.
그리고 자네와도—내 사촌, 오멀 경.
죽음을 농단하여야 하는 처지이나, 병색보다는,   65
힘에 넘쳐, 젊은이답게, 그리고 시원하게 숨 들이켜며—
그리고, 영국인의 만찬에서처럼, 가장 아끼는 것을
뒤로 미루었으니, 끝을 달게 마무리하기 위함입니다.
아, 지상에서의 삶을 위한 육신을 제게 주신 분,
제 몸 속에 새롭게 태어난 아버님의 젊은 혈기가   70
소자가 얻기 힘든 승리를 쟁취하라고
곱절의 힘으로 저의 투혼을 높여 주오니,
아버님의 기도로 제 갑주를 더욱 견고게 하여 주옵시고,
아버님의 축복으로 저의 창끝을 벼려 주옵소서.
그리하여 모브레이의 보잘것없는 갑주를 뚫어서,   75
존 오브 곤트라는 이름을 그의 아들의 혈기방장한
행위 속에서 새로운 광채를 발하도록 하여 주소서.

곤트
너의 정당한 명분에 하느님의 가호가 있으리니,
결투에 임하여 번개처럼 빠르거라.
그리고 너의 일격 일격이 곱곱으로 힘을 더해   80
너를 적대하는 못돼먹은 자의 투구에
혼비백산시키는 천둥처럼 떨어지게 하라.
네 젊은 혈기를 북돋아 용맹이 싸워 살아남아라.

볼링브로크
저의 결백과 성 조지께서 저를 지켜주기를!

모브레이
하느님 아니면 운명의 여신이 어떤 결말을 점지하든,   *85*
리처드 임금의 옥좌에 성심을 다하는 충직하고
정의로우며 올곧은 사나이 살든가 죽을 것이오.
일찍이 그 어떤 포로도 이보다 더 훌훌
속박의 사슬을 던져 버리고, 소중하고 제약 없는
자유스러움을 끌어안은 적 없소이다.   *90*
나의 환호작약하는 영혼이 나의 적과 벌이게 될
한판의 결전을 달가워하는 것보다 말씀이외다.
지엄무쌍하신 전하, 그리고 내 소중한 동료 여러분,
행복한 연년세세를 누리시길 바랍니다.
즐거운 놀이에 임하듯 편안히, 그리고 기꺼이,   *95*
싸움에 임합니다. 진실은 평온한 가슴을 가져옵니다.

리처드
경에게 작별을 고하오. 나는 그대의 눈에서
덕성과 용맹함이 함께 깃들어 있음을 보오.
의전관, 결투를 명하고 시작토록 하오.

궁정 의전관
허포드, 랭커스터, 그리고 더비의 해리,   *100*
그대가 쓸 창을 받으오. 하느님이 정의의 편이기를!

볼링브로크
탑처럼 강한 희망을 품고 그 기원을 복창하오.

궁정 의전관
이 창을 노포크 공작 토머스에게 가져가라.

첫 번째 전령
허포드, 랭커스터, 그리고 더비의 해리는,
거짓되고 비열한 자로 판명될 위험을 감수하고,   105
하느님과 그의 주군과 그 자신을 위해 여기 서서,
노포크 공작 토머스 모브레이가 그의 하느님, 그의 주군,
그리고 그에게 반역자임을 증명코자 하니,
모브레이는 일전을 겨루려 나오시오.

두 번째 전령
여기 토머스 모브레이, 노포크 공작은,   110
거짓되고 비열한 자로 판명될 위험을 감수하고,
자신의 명예를 지키며, 또한
허포드, 랭커스터, 그리고 더비의 헨리가
하느님과 그의 주군, 그리고 그에게 불충한 자임을
용맹스럽게 증명코자 여기 서 있으니, 자유의지로   115
결전 시작 나팔만을 기다리고 있소.

궁정 의전관
나팔을 불어라. 그리고 결투자들, 앞으로 나오시오.

나팔소리 울린다. ✝

잠깐, 전하께서 왕홀을 던지셨소.

리처드

투구와 창을 내려들 놓으오. 그리고
둘 다 각자의 자리로 돌아들 가 앉으오.   *120*
짐은 생각할 시간이 필요하니, 짐이 결정한 바를
두 공작에게 알려 줄 때까지 나팔을 울리라.

긴 나팔소리 ✟

다가오오. 그리고
짐이 주변과 상의해 결정한 바를 들으오.
짐의 왕국의 흙이 거기에서 생명을 받은 자의   *125*
소중한 피로 물들어서는 안되겠기에 —
또한 동족간의 칼부림으로 파여진 내분의 상처의
끔찍한 모습을 과인의 눈으로 보기 원치 않으므로 —
그리고, 짐이 생각기에, 독수리의 나래를 한 교만이,
하늘로 치솟는 야심에 찬 상념으로부터 나와,   *130*
경쟁자를 미워하는 시기심과 합쳐, 경들로 하여금
과인의 평온을 깨뜨리게 하였으니, 이 평온함이야말로
이 왕토의 요람에서 고이 잠든 아기의 숨결을 자아내는 것 —
이 평온함이, 시끌덤벙하고 음조 흐트러진 북소리와
거칠게 울려 퍼지는 끔찍스런 나팔소리와   *135*
무시무시한 병장기의 맞부딪는 소리에 놀라게 되면,
짐의 고요한 영토로부터 아름다운 평화는 자지러들고,
친족들의 피 속을 헤쳐 나가야 하는 사태가 도래할지니 —
따라서 짐은 그대들을 짐의 영토로부터 추방한다.
사촌 허포드, 이 명 어기면 곧 죽음이 따를 것이니,   *140*

여름이 열 번 우리 산야를 짙푸르게 할 때까지
그대는 우리의 아름다운 국토에 돌아와선 아니 되고,
낯선 외지에서 추방의 길을 밟아야 하오.

볼링브로크
전하의 뜻대로 하겠습니다. 제가 위안 삼을 것은,
여기서 전하를 따뜻하게 하는 해가 제게도 비칠 것이며,   *145*
여기 전하에게 쪼이는 금빛 찬란한 햇살이
제게도 쏟아져 저의 추방이 금빛을 띠리라는 것입니다.

리처드
노포크, 그대에게는 좀더 무거운 형을 내리노니,
나도 이 판결을 그대에게 말하기가 편치는 않으오.
구물구물 기어가는 시간이 아무리 흘러간들   *150*
그대의 추방에 종지부를 찍지 않을 것이오.
"돌아와선 안된다"는 절망적인 말을
내 그대에게 하노니, 이를 어기면 죽음이오.

모브레이
참으로 무거운 형량이옵니다, 전하. 그리고
전하의 음성으로 이런 선고를 받을 줄은 몰랐습니다.   *155*
아무에게나 거침없이 주어질 수 있는
그처럼 깊은 상처보다는, 보다 값진 포상을
소신 전하로부터 받을 수 있었나이다.
지난 사십 년 동안 배운 말, 태어난 후
써온 영국 말이 이젠 저에겐 무용지물ㅡ   *160*

40
리처드 2세

지금부터 저에게 혀를 움직이는 즐거움이란
줄이 없는 현악기나 하프와 같은 것,
아니면 보관함에 갇힌 명기와 같은 것,
아니면 보관함이 열려도, 그 조화로운 음조를
탈 줄 모르는 손에 맡겨진 것이올습니다.   *165*
저의 혀를 제 입 안에 갇혀 있도록 가두셨고,
저의 이빨과 입술로 겹겹이 막아 버리셨으니,
무디고 무감각한 불모의 무지가
저를 감시코자 따르는 간수가 되었습니다.
유모에게 칭얼대며 졸라대기에는 너무 늦었고,   *170*
학동이 되기에도 나이를 너무 많이 먹었습니다.
전하께서 내리신 형은, 타고난 숨결대로 말하는 자유를
저의 혀가 갖지 못하는, 말을 빼앗는 죽음 아닙니까?

리처드
동정을 구하려 해도 소용없소.
내 평결이 내린 뒤에 푸념하여도 너무 늦소.   *175*

모브레이
그러면 저는 조국의 빛을 등 뒤로 합니다.
끝없는 밤의 음산한 그늘 속에 거하기 위해 ―

리처드
이리 와서 맹세를 하오.
추방된 그대의 손을 짐의 검에 얹고, 그대가
하느님께 바치는 봉공에 걸어 맹세하오 ―   *180*

41
1막 3장

짐에 대한 그대의 의무는 이제 거두어졌으니 —
내가 제시하는 서약을 이행할 것을 말이오.
진실과 하느님의 가호 아래, 그대들 결코,
추방당한 처지로 서로간에 동병상련에 젖거나,
혹은 서로의 얼굴을 마주 대하거나,   *185*
아니면 서신을 교환커나 재상면커나, 고향에서
생겨난 미움의 험악한 폭풍을 잠재워 화해커나,
짐과, 짐의 나라, 짐의 신민, 짐의 국토에 거슬러
그 어떤 모반을 꾸미거나 획책하거나 공모키 위해
은밀한 의도를 가지고 만나지 않을 것을 —   *190*

볼링브로크
맹세합니다.

모브레이
저 또한, 이 모두를 지킬 것을 —

볼링브로크
아직도 나의 적인 노포크, 듣거라.
전하께서 허락하셨다면, 지금쯤 우리들 중
하나는 영혼이 허공에서 배회코 있을 것 —   *195*
이 보잘것없는 영혼의 무덤, 육신에서 추방되어 말이다.
헌데 이제 우리의 육신이 이 국토에서 추방되었구나.
왕국을 떠나기 전, 너의 반역행위를 자백하거라.
너 먼 길을 가야 하니, 죄진 영혼의
무거운 짐일랑 지고 가진 말거라.   *200*

모브레이

아니지, 볼링브로크. 내 일찍이 반역을 시도했다면,
내 이름은 생명의 서(書)로부터 지워지고, 나 지금
여기로부터 추방되듯 하늘나라로부터도 추방될 터.
허나 네가 어떤 자인지, 하느님과 너 자신과 내가 알고,
곧 머지않아, 안타깝게도, 전하께서도 뒤늦게 아시리라.3   205
안녕히 계십시오, 전하. 이제 어디를 향해도 무탈하니,
영국 땅만 다시 밟지 않는다면, 온 세상이 나의 길인 것을—

퇴장

리처드

숙부님, 눈물 맺힌 두 눈이 마치 거울인 듯, 슬픔에 젖은
숙부님의 마음을 보여줍니다. 숙부님 슬퍼하는 모습이
사촌이 추방 생활을 하여야 할 햇수에서   210
넷을 빼어 버렸습니다. 〔**볼링브로크에게**〕 언 겨울을 여섯 번 보내고,
추방으로부터 해방되어 고향으로 돌아오오.

볼링브로크

단 한 마디에 얼마나 긴 시간이 들어 있는가!
네 번의 지루한 겨울과 네 번의 흐드러진 봄이
한 마디에 끝나다니 — 군왕의 입김이 그런 것이군요.   215

곤트

전하께서 나를 보아 아들놈의 유배 기간을

---

3 모브레이의 이 말은 이 극에 나타나는 많은 예언적인 대사들 중의 하나다.

네 해나 줄여 주신 것을 감사드려야겠지요.
허나 그도 제게는 별로 소용없는 일이지요.
아들놈이 보내야 하는 육 년이라는 세월 동안
달이 바뀌어 마침내 때가 이르기도 전에,   220
내 기름 다 타버린 등잔과 시효 다한 빛은
나이와 끝없는 밤의 지속에 꺼질 것이고,
내 얼마 안 남은 초〔燭〕는 다 타고 없어지어,
눈 가리는 죽음이 아들놈 보는 걸 허용치 않으리다.

리처드
숙부님, 앞으로 여러 해를 더 사실 텐데.   225

곤트
허나 일 분도 전하께서 더해 줄 수는 없지요.
전하는 무거운 슬픔으로 내 살 날을 줄이고, 내게서
밤을 앗을 수는 있으나, 단 하루아침도 더해 주진 못하오.
전하가 시간을 도와 얼굴에 골이 파이게 할 수는 있으나,
시간이 그 순례길에 남기는 주름을 멈출 수는 없소이다.   230
내 죽음 재촉하는 전하의 말을 시간은 금화처럼 받아들이겠으나,
나 한 번 죽으면 전하의 왕국을 걸어도 날 살려내진 못하오리다.

리처드
숙부님 아들의 추방은 숙의 끝에 내려진 결정이고,
이 결정에 이르는 과정에 숙부께서도 참여하셨지요.
왜 이 판결에 숙부께서는 불복하시는 것입니까?   235

곤트

입에 단 음식이 소화하기는 껄끄럽다오.
전하께서 심판하는 자리에 나를 앉혔으나, 차라리
내가 아비 목소리로 말하게 하였으면 좋았으련만 —
아, 내 자식이 아니라, 차라리 남이었다면,
그 죄과를 경감하려 보다 너그러울 수 있었을 것.   240
내 편파적이란 비난을 피하고자 하였고,
그 판결을 내림으로 내 자신의 삶을 깨뜨렸소.
아, 내 자식을 추방하는 사안에 내가 너무 준엄하다고
그대들이 말하여 주기를 나는 기대하였다오.
헌데 내 내키지 않는 혀가 나의 뜻과는 어긋나게   245
내 자신에게 이런 해악을 자초토록 허하였구려.

리처드

사촌, 잘 가오. 그리고, 숙부님, 그만 작별하세요.
여섯 해 동안의 추방을 명하니 떠나야 합니다.

나팔소리 리처드 왕과 시종들 퇴장 ⸶

오멀

사촌, 잘 가오. 서로 만나 근황을 알 수야 없겠지만,
어디로 가든 서신으로나마 소식 전해 주오.

퇴장 ⸶   250

궁정 의전관
나는 아직은 공께 작별 인사 않겠소. 공의 곁에서
육지가 다할 때까지 함께 말을 타고 갈 것이니까요.

곤트
아, 너를 아끼는 친우들에게 답례의 인사를 않으니,
말을 아끼는 이유는 무엇이더냐?

볼링브로크
소자 작별을 고해야 할 벗들이 많지 않사옵니다.   255
가슴에 이는 큰 슬픔을 숨 쉬듯 풀어내도록
혀의 움직임이 헤퍼야 할 것이지만요 ─

곤트
네게 괴로운 건 얼마 동안 집을 떠나 있는 것이다.

볼링브로크
기쁨이 없으니, 괴로움이 그 대신을 하겠지요.

곤트
여섯 차례의 겨울이 별것이냐? 금방 지나갈 텐데 ─   260

볼링브로크
즐거운 사람들에게는요. 슬프면 한 시간도 그 열 배가 되죠.

곤트
즐기려 떠나는 여행으로 생각하거라.

볼링브로크

억지로 떠나는 순례길임을 아는 제 가슴은
아무리 그렇게 생각하려 해도 한숨만 나옵니다.

곤트

네가 지친 발걸음을 옮겨야 할 암담한 여정을,   *265*
네가 집으로 돌아온다는 값진 보석과 같은 순간을
더욱 찬란하게 돋보이게 할 받침판으로 여기거라.

볼링브로크

그보다는 오히려, 지루한 걸음을 내디딜 때마다,
제가 사랑하는 보석으로부터 제가 얼마나 멀리
점점 더 멀어지고 있는지 깨닫게 될 것입니다.   *270*
낯선 곳을 배회하는 긴 도제기간을 보내고,
종국에는 스스로 자립할 수 있는 자유를 얻은 뒤,
결국은 슬픔만을 주인으로 모셔왔다는 것밖엔
자랑할 것이 없는 처지가 될 것 아닙니까?

곤트

태양이 내려 쪼이는 장소는 모두가 다   *275*
현자(賢者)에겐 항구요 아늑한 정박지니라.
곤경에 처해서는 이렇게 생각해라 ―
곤경처럼 도움이 되는 것 또 없다고.
전하께서 너를 추방했다 생각지 말고, 네가 전하를
멀리한다고 생각해라. 괴로움을 심약하게 받아들이면,   *280*
괴로움은 한층 더 무겁게 짓누르는 법.

가거라. 영예를 쟁취하라고 내 너를 보내는 것 —
전하께서 너를 추방하심이 아니다. 아니면,
생명을 삼키는 역병이 대기 중에 맴돌아,
네가 신선한 풍토를 찾아 도피한다 생각하거라.   285
네가 무엇을 값진 것으로 여기든, 네가 가는 곳에
그것이 있는 것이지, 그것을 뒤에 남긴다 생각 마라.
지저귀는 새들을 악사들로 여기고,
네가 밟는 초원을 골풀 깔린 접견실로,
꽃들은 아리따운 여인들로, 그리고 네 발걸음은   290
흥겨운 무도의 율동이나 춤으로 여기거라.
이빨 드러내고 으르렁대는 슬픔도 그걸 조소하고
가볍게 여기는 자를 물 힘이 약해지나니.

볼링브로크
아, 서리 내린 코카서스를 생각함으로써
타는 불길을 손아귀에 담을 수 있을까요?   295
아니면, 잔칫상을 머리에 떠올림으로써
속 쓰린 배고픔을 달랠 수 있을까요?
아니면, 머리 속에 여름의 무더위를 떠올리며
십이월의 눈 속을 발가벗고 구를 수는요?
아닙니다. 좋은 걸 생각하면 할수록   300
견뎌야 하는 상황을 더 못 견딜 것으로 만들죠.
쓰라린 슬픔의 송곳니는 깨물 때 제일 쓰라린
아픔을 주지만, 결코 상처를 치유치는 못하지요.

곤트

자, 자, 아들아, 너 갈 길 배웅해 주마.

네 젊음과 명분이 내게 있다면, 난 지체치 않겠다.   *305*

볼링브로크

하면, 영국 땅아, 잘 있거라. 다정한 흙이여, 안녕.

나를 아직도 낳아 키워주는 어머니이자 유모인 ─

내 어디에서 방랑을 하든, 이것만큼은 자랑하리 ─

추방당한 몸이나, 자랑스런 영국의 사나이라고.

모두 퇴장 †

1막 4장

궁정
한쪽에서 왕, 배고트와 그린 거느리고, 다른 쪽에서 오멀 등장

리처드
내 눈여겨보았소. 오멀 아우,
하늘 찌를 기세의 허포드를 어디까지 배웅했소?

오멀
하늘 찌를 기세의 허포드라 하오시면, 저는 그저
하늘 넓어 보이는 길까지만 데려다 주었습니다.

리처드
말해 보오. 석별의 눈물을 얼마나 흘렸소?   5

오멀
맹세코 저는 한 방울도요. 헌데 마침
저희들의 얼굴에 거세게 불어 닥친 북동풍이
잠들어 있던 눈물샘을 깨워선, 다행히도 저희들의
맹숭맹숭한 작별에 눈물기 조금 있도록 해 주었습니다.

리처드
사촌과 작별할 때 무어라 하던가?   *10*

오멀
"잘 있게"라고요 —
그런데, "잘 가게"라는 말을 제 입으로
내뱉을 마음이 내키지 않아, 저는 짐짓
슬픔이 하도 커서 하고픈 말들이 서러움의
무덤에 파묻혀 버린 듯한 시늉을 했습니다.   *15*
참말이지, "잘 가게"라는 말이 시간을 잡아 늘이고
그의 짧은 추방 기간에 햇수를 더할 수만 있었다면,
그자는 잘 가라는 인사를 뭉텅이로 받았을 겁니다.
허나 그렇지 않을 것이므로, 한마디도 안했습니다.

리처드
사촌 아우, 그자도 내 사촌이오. 허나 시간이 흘러   *20*
추방 기간이 만료되어 귀환할 때가 되더라도,
우리의 친족인 그자 쉽게 환향할 듯싶지는 않소.
짐과 부시는
그자가 평민들 마음 사려 하는 수작을 보아왔소.
자못 겸허하고 친근미 넘치는 인사를 건네며   *25*
그자가 어떻게 평민들의 호감을 사는 것 같은지 —
비천한 자들에게 턱없이 과분한 존경을 표하고,
보잘것없는 기술자들을 미소의 기술로, 그리고
주어진 처지를 묵묵히 견디는 모습으로 미혹하니,
국민들의 애정도 추방 길에 함께 가져가려는 듯하오.   *30*

굴 따는 계집에게도 모자 벗고 인사하고,
짐수레꾼 짝패가 그자에게 하느님의 가호를 빌면,
그자는 무릎 굽혀 그것들에게 인사하며,
"고맙소, 동포들, 사랑하는 친우들" 하는 것이야 ―
마치 짐이 다스리는 영국이 제 것이라도 된 양,   35
그리고 짐에 이어 왕위를 물려받을 자이기라도 한 양.

그린
자, 그자는 가버렸고, 이런저런 생각들도 함께 사라졌군요.
이제 아일랜드에서 발호하는 반란군들에 대한
시급한 조치가 있어야겠습니다, 전하.
더 이상 지체해서 그자들에게는 유리하고 전하께는   40
불리한 방책을 강구할 기회를 그자들이 갖기 전에 ―

리처드
짐이 몸소 이 전쟁에 임하려 하오.
그리고 우리의 재정 상태가, 너무 큰 궁정과
과다한 지출로 인해, 다소 빈약하게 된 연유로,
짐은 우리 왕토를 분할하여 세낼 수밖에 없으니,   45
분할된 몫에 해당하는 조세권 이양을 통해
당장 필요한 경비를 조달하려 하오. 그래도 모자라면,
짐의 권한 대행자는 누가 부유한 자인지 알아내어,
공란의 약정서를 확보하고, 거기에
큰 몫의 차출 액수를 기록하도록 하여,   50
짐이 필요로 하는 만큼을 보내도록 할 것이오.
짐은 즉시 아일랜드로 출정할 것이기 때문이오.

부시 등장 †

부시, 무슨 소식인가?

부시
존 오브 곤트 노인장께서 중환이시라 하옵니다, 전하.
급환이시온데, 전하께서 찾아 주시기를 바라는   *55*
전언을 급히 보내오셨습니다.

리처드
어디 계시는가?

부시
엘리 주교관이옵니다.

리처드
하느님, 숙부가 무덤으로 곧바로 가시도록
돕고 싶은 생각이 의사에게 들도록 하소서!   *60*
숙부의 재산을 잘 재단하면, 아일랜드 전쟁에 데려갈
짐의 병사들을 치장할 덧옷을 만들 수 있을 터.
자, 경들, 우리 모두 이분을 찾아갑시다.
서둘러 가도 너무 늦게 도착한 결과가 되기를!
〔**일제히**〕 아멘.   *65*

모두 퇴장 †

2막 1장

엘리 주교관
병든 존 오브 곤트, 요크 공작 등과 등장

곤트
내 죽기 전 마지막으로, 절제를 모르는 젊은 임금께
충심에서 우러난 간언을 드리려는데, 오시려는가?

요크
조바심 마세요. 그리고 임금을 설득할 생각일랑
아예 마세요. 소귀에 경 읽기일 뿐일 테니까요.

곤트
아, 허나 죽어가는 사람들이 하는 말은   5
심원한 화음처럼 듣는 이의 마음을 움직인다지.
말수가 적으면 오히려 그 효과는 큰 법 —
왜냐면 힘겹게 하는 말엔 진실이 담겨 있기 때문.
더 이상 말할 기회가 없는 사람의 말을, 젊음과 여유가
자아내는 듣기 좋은 달변보다 경청한다지 않나?   10
살아 있는 동안보다는 죽는 순간을 더 중시하지.
지는 해와 종지부에 다다른 음악은, 마지막까지
감도는 달콤한 맛처럼, 그 끝이 제일 아름다운 법 —

오래전에 지나간 것보다 그 기억 더욱 생생하니.
리처드가 내 평생 한 조언을 안 들었지만,   *15*
내 죽으며 하는 하소연 그 귀를 열지 모르지.

요크

아니오, 그 귀는 듣기에 달콤한 다른 소리로 막혔어요.
이를테면, 현명한 자들마저 그 맛에 취하는 찬사나 ─
아니면, 젊은 것들 뚫린 귀로 항상 듣도록 유인하는,
해악에 넘치는 소리 담은 음란한 시구들 ─   *20*
허영에 들뜬 이탈리아에 번진 유행에 관한 소식 ─
(뒤늦게 원숭이처럼 천박하게 모방하려, 백성들
노상 절뚝거리며 따르는 그네들 풍속 말씀이외다)
세상이 내질러대는 허영의 유행치고,
리처드 재빨리 귀담지 않는 것 있소이까?   *25*
(새롭기만 하다면야, 천박한 게 문제이리까?)
그러니, 사려 깊은 분별심을 욕망이 거부할 때,
그 어떤 조언도 받아들이긴 틀린 것이지요.
제멋대로 하려는 자를 선도할 생각일랑 마세요.
남은 숨결 얼마 안 되는데, 아까운 숨결 낭비예요.   *30*

곤트

새로이 영감을 받은 예언자가 된 느낌이니,
마지막 숨결 내쉬며 리처드의 장래를 예단하오.
그 광폭하게 몰아치는 방종의 불길은 오래 못 갈 것 ─
격렬한 불길은 그 스스로를 곧 태워 버리기 때문이야.
가는 빗줄기는 오래가나, 급작스런 폭풍우는 잠깐 ─   *35*

일찍부터 급히 말달리는 자 곧 지치게 되는 것 —
게걸스레 먹다 보면 목이 메어 질식하고,
부박한 허영심은, 만족할 줄 모르는 가마우지처럼,
소비에 열중타가 곧 스스로를 먹어치우지.
군왕들의 지엄한 옥좌, 왕홀이 다스리는 이 섬나라,   40
위엄이 도사린 이 땅, 군신(軍神)이 자리하는 곳,
이 또 하나의 에덴, 거의 낙원과 같은 곳,
대자연이 오염과 전쟁의 손길로부터
그 자신을 지키려 세운 천연의 이 요새,
좋은 백성들 모여 사는 이 자그만 세상,   45
은빛 찬란한 바다에 박힌 이 보석 같은 섬 —
바다는 방호벽처럼 이 섬을 지켜주고,
아니면 성(城) 둘레의 호(壕)처럼 섬을 에워싸니,
이는 덜 행복한 나라들의 시샘에 대비함이라.
이 축복받은 터, 이 흙, 이 왕국, 이 영국,   50
많은 군왕들을 배태한 자궁이자 젖 먹여 키운 유모,
두려움 자아내는 혈통과 명성 높은 가문의 군왕들 —
고국으로부터 저 멀리, 끈질기게 그네들의 믿음을
고수하는 유태인들의 땅에 있는, 세상을 구원하신
그분, 축복받은 마리아의 아드님의 무덤까지,   55
명성을 떨친 우리의 군왕들을 낳아 키운 땅.
그처럼 고귀한 영혼들의 땅, 이 소중하기 그지없는,
온 세상에 퍼진 자자한 명성으로 값지디값진 이 땅이
이젠 셋방살이들의 차지가 되다니 — (나 이 말하며 죽는가?)
마치 세든 자들의 차지, 아니면 시시껄렁한 농토처럼.   60
씩씩한 기상의 바다로 둘러싸이고, 그 울퉁불퉁한

바위들로 이루어진 해안이 시샘하는 바다의 침공을
막아주는 영국은, 이제 치욕으로 감싸이게 되었소—
먹물 번진 흔적들과 더러운 계약서들로 말이오.
다른 왕토들을 정복하던 바로 그 영국이   65
이제 부끄럽게도 그 자신을 정복하고 말았소.
아, 이 치욕이 내 목숨과 함께 사라질 수만 있다면,
얼마나 달가이 내 죽음 맞을 수 있으리오!

왕, 왕비, 오멀, 부시, 그린, 배고트, 로스, 월로우비 등장 †

요크
전하께서 오셨는데, 젊은 분이니 부드럽게 대하세요.
어리고 성급한 말에 고삐를 채우면 더 날뛰는 법이니까요.   70

왕비
시숙 어르신, 랭커스터 님, 안녕하십니까?

리처드
좀 어떠세요, 아저씨? 수척한 노인 곤트의 근황 말씀이오.

곤트
아, "수척한 노인 곤트"라! 그 호칭이 내게 딱 맞는구려.
"수척한 노인 곤트"이고말고— 늙었으니 수척할밖에.
내 안에서 슬픔이란 놈이 오랜 단식을 지속해왔는데,   75
음식 멀리하는 자치고 수척하지 않은 자 있소?
영국이 잠들어 있는 동안 오랜 기간 잠 못 이루었으니—

잠 못 자면 마르게 되고, 마르는 것이 수척 아니오?
어떤 애비들에겐 먹지 않아도 배부르게 하는 기쁨이
내게는 없으니 배고픔뿐이오 — 자식 보는 즐거움 말이오.   *80*
그 즐거움을 내게서 빼앗음으로 날 수척하게 만든 거요.
난 무덤에나 어울릴 뼈만 남은 — 무덤처럼 황량한 — 곤트.
무덤의 텅 빈 자궁은 뼈다귀만을 잉태하리오.

리처드
병자가 자기 호칭 가지고 저렇게 말재주 부릴 수 있을까? 4

곤트
아니오. 비통함은 가지고 놀 때 덜 괴로운 법이라오.   *85*
전하께서 내 이름에 담긴 명성을 죽이려 하시니,
전하의 마음 편케 하려 내 이름 가지고 노는 것이라오.

리처드
죽어가는 사람이 살아 있는 사람 마음 편케 할 필요 있소?

곤트
아니, 아니지. 살아 있는 자가 죽어가는 사람 마음 편케 해야지.

리처드
죽어가는 숙부께서 살아 있는 내 마음 편케 하려 하신다잖았소?   *90*

---

4 'Gaunt'라는 자신의 이름을 형용사 'gaunt'와 연결지어 랭커스터 공이 앞에서
긴 탄식을 한 것에 대한 리처드의 반응이다.

곤트

아, 아니오. 내가 더 아픈 사람이나, 죽는 건 전하요.

리처드

난 건강하오. 숨도 잘 쉬고. 그리고 그대 병든 걸 보오.

곤트

날 만드신 하느님께서 아시오—내 그대 병든 걸 봄을.
병들어 잘 보진 못하나, 그대 앓고 있음을 난 보오.
그대 누운 죽음의 침상은 다름 아닌 그대의 왕토이니,   95
거기에 그대는 병든 평판 속에 누워 있는 거라오.
허고, 그대 조심성 없는 환자인지라, 그대의 성유(聖油) 바른 몸을,
그대 처음 병들게 한 그 못된 자들의 손에
치유해 달라 맡겨 놓고 있는 거요.
일천 명의 아첨꾼들 그대의 왕관 속에 자리 잡았으니,   100
그 왕관 둘레가 그대의 머리보다 크지는 않지만,
그 조그만 범주 안에서 일어나고는 있으나,
그 해악 미치는 영역 자그마치 그대의 왕토라오.
아, 그대의 할아버님께서 예언자의 눈으로, 그 아드님의
아들이 그분의 아드님들을 해하리라는 것을 아셨더라면, 5   105
스스로 왕권을 저버리려 악마에게 혼을 빼앗긴
그대가 왕위에 오르기 전 왕권을 빼앗음으로,
그대의 수치(羞恥)가 이 지경에 이르도록 허하진 않으셨을 것—
조카, 그대 설령 온 세상의 통치자였더라도,

---

5 리처드가 숙부 글로스터 공작 토머스 우드스톡을 살해토록 한 것을 언급함이다.

이 땅을 담보 계약하여 세줌은 수치였을 거요.   *110*
헌데, 이 나라 그대가 다스리는 땅의 전부일진대,
그 땅을 그렇게 욕보임은 수치를 넘어선 것 아니오?
이제 그대는 영국의 지주(地主)이지 임금은 아니오.
통치권은 이제 토지 상거래법에 종속되고, 그대는—

리처드
그대는 미친, 정신 나간 멍청이오.   *115*
열병 걸린 자의 특권에 빌붙어 그걸 구실 삼아
당신의 차디찬 충고랍시고 하는 말로 감히
과인의 얼굴을 질리게 하다니—군왕의 피가
분노로 인해, 있어야 할 데를 떠나도록 만들다니.
내 옥좌의 정당한 왕권에 걸어 말하거니와,   *120*
그대가 에드워드 대왕의 아드님의 아우만 아니었어도,
그대의 머리 안에서 그처럼 방자하게 너불대는 혀는
무엄한 그대의 어깨로부터 머리 떨어지도록 했을 터.

곤트
아, 내 형님 에드워드의 아드님, 내가 내 형님의
아버님의 아들이라고, 내게 특혜를 베풀진 마오.   *125*
어미 피를 먹고 자라는 사다새처럼, 그대는 벌써
그 피를 따라 마시고 질펀한 취흥으로 노닥거렸으니—
내 아우 글로스터—우직하고 선량하기만 하였기에
축복받은 영혼들 가운데 천국에서 행복하길 바라는데—
그대가 에드워드 가문의 피를 흘리는 것을   *130*
개의치 않았음을, 그의 죽음이 선례로 증명한다오.

기왕지사 나 지금 병들어 앓고 있는 몸이니,
그대의 냉혹함이 휘어진 날 휘두르는 죽음의 낫 되어 —
너무 오래 시들은 꽃 단칼에 베어 버리도록.
치욕 속에 사시오. 허나 치욕은 그대와 함께 스러지지 않으리.   *135*
내 이 말이 차후로 그대를 괴롭히는 것이기를!
나를 내 침상으로 데려가 주오, 그 다음엔 내 무덤으로 —
사랑과 영예를 가진 자라야 살고 싶은 것이거늘.

퇴장 🗡

리처드
그리고 나이 먹고 심통 사나운 자 죽어야 하오.
그대는 둘 다이고, 그건 바로 죽을 때 됐다는 거요.   *140*

요크
전하께 청하옵건대, 형님께서 하신 말을
갈피를 잡지 못하는 병고와 나이 탓으로 돌리옵소서.
장담코 여쭙거니와, 전하를 아끼고 소중히 여기는 분입니다.
이 자리에는 없으나, 허포드 공작 해리처럼 말씀입니다.

리처드
맞는 말씀이오. 허포드가 갖는 충정과 다르진 않을 것 —6   *145*
그네들의 정이나, 내 정이나, 피장파장. 아무러면 어떻소.

---

6 아비나 자식이나 충성심 없기는 마찬가지라는 말.

노섬벌랜드
전하, 곤트 노인께서 전하께 문안 여쭈옵니다.

리처드
무어라던가?

노섬벌랜드
아무 말씀도요. 하실 말씀 다하신 겁니다.
그분의 혀는 이제 현이 없는 악기올습니다.
말씀도, 목숨도, 모두를 랭커스터 노인께선 소진하셨습니다.   *150*

요크
다음에 가야 할 차례가 나 요크이기를!
죽음이 좋은 건 아니나 삶의 고통은 끝내주지.

리처드
잘 익은 열매가 먼저 떨어지는 법 — 그러니 가셨지요.
그분 사실 날이 다한 것이고, 우린 더 살아야겠지요.
그건 그렇고. 자, 아일랜드 전쟁으로 이야기를 돌립시다.   *155*
그 거친 털북숭이 머리 불한당들을 뿌리 뽑아야 하는데,
그자들 말고는 다른 어떤 독충도 살지 않는
그곳에서 독처럼 번져가며 살아가는 것들이지.
그리고 이 중차대한 과업은 경비가 다소 들 것이므로,   *160*
숙부 곤트의 소유했던 식기, 금화, 모든 세수(稅收), 그 밖에

값나가는 물건을 짐에게 필요한 경비 충당 위해 몰수한다.

요크

내 얼마나 오래 참아야 하오? 아, 얼마나 오래,
신하 된 처지 때문에 잘못된 일을 내 참아야만 하오?
글로스터의 죽음도, 허포드의 추방도,   165
곤트에 대한 질책도, 영국이 입은 손상도,
볼링브로크가 마음먹은 대로 결혼하지 못하도록
막은 처사도, 7 그리고 내 자신이 입은 치욕도,
내 참을성 많은 얼굴 시큰둥한 듯 보이게 한 적 없고,
내 모시는 군왕 면전에서 찌푸린 얼굴 보인 적 없소.   170
숭앙받던 임금 에드워드의 아들 중 나만 남았고,
그대의 아버님이신 웨일즈 왕자가 그 맏이시었소.
전란이 일면 사자보다도 무섭게 포효하고,
평화스런 때에는 양보다도 온화하셨던 분,
그분이 바로 젊고 군왕다웠던, 전하의 아버님이셨소.   175
그분의 얼굴을 전하는 닮으셨소 ─ 그분이 전하의
나이셨을 때, 바로 전하의 모습 그대로이셨다오.
허나, 그분이 얼굴 찌푸리셨을 땐 프랑스인들에게였지,
그분의 친구들에겐 아니었소. 그분의 정갈한 손은
자신이 얻은 것만을 쓰셨고, 그분의 승승장구하셨던   180
아버님께서 확보하신 것을 쓰지는 않으셨소.
그분의 손은 친족들의 피로 물든 적 없었고,

---

7 볼링브로크가 프랑스 왕의 사촌과 결혼하려 했을 때, 리처드가 혼약을 파기토
   록 강요했다.

그분의 친족의 적들의 피로 적셔졌었다오.
아, 리처드 왕! 나 요크 슬픔으로 정신을 잃었구려 —
아니면 이런 비교는 아니할 것인데.   *185*

리처드
아니, 숙부님, 왜 그러십니까?

요크
아, 전하, 용서하실 수 있으면, 해 주시오. 아니면,
용서 같은 것일랑 하지 않으셔도 괜찮으니, 괘념 마시오.
추방된 허포드가 향유할 혜택과 권한을
강점하여 전하의 것으로 만들려 하오이까?   *190*
곤트 경 돌아가셨고, 허포드가 살아 있잖소이까?
곤트께서 옳게 처신하셨고, 해리가 그분의 적자 아니오?
곤트께서 대 이을 자손 있을 만한 분 아니었소이까?
그분의 대통 이을 자 훌륭한 아들 아니오이까?
허포드의 권리를 빼앗으면, 시간의 흐름과 더불어   *195*
대대로 승계되는 부자 상속의 관행을 깨는 것이오.
그러면 오늘 다음에 내일이 오지 않음과 같으니,
그대도 그대가 아닌 것이오. 정당한 순서와
계승이 아니었다면 그대 어찌 임금이 되었겠소?
하느님 앞에 맹세코 — 이 말대로 아니되었으면 좋으련만 —   *200*
만약 그대가 허포드의 권리를 부당하게 침탈하고,
그가 법무 관료들의 도움으로 토지점유권을 주장할
기회를 주는 허가증을 취하하고, 그가 그대에게
봉토 수령인으로서 충성을 맹세함을 거부한다면,

그대는 일천 가지 재앙 떨어지도록 자초하는 것이며,   *205*
그대에게 성심을 다할 자 일천 명을 잃는 것이며,
영예와 충성을 소중히 여기는 자가 감히 생각 못할
그 못된 상념으로 나의 인내심을 부추기는 것이오.

리처드
마음대로 생각하시구려. 짐은 그분의 소유였던
식기, 가재도구, 금전, 그리고 토지를 짐의 소유로 하오.   *210*

요크
여기 더는 못 있겠소. 전하, 나는 물러가오.
어떤 사태가 야기될지 아무도 장담 못할 것이오.
허나 일이 잘못되어 가는 상황에서 그 결과가
결코 좋을 리 없으리라는 것은 알 수 있는 거요.

퇴장

리처드
부시, 윌트셔 백작에게 지금 곧바로 가서,   *215*
이 문제를 처결키 위해 엘리 주교관으로
즉시 짐을 보러 오라 하라. 내일 짐은
아일랜드로 향할 것이니, 때가 되었다.
그리고 짐 부재 시에 과인의 권한을 대행토록
짐의 숙부 요크를 영국의 총독으로 임명한다.   *220*
그분은 정의로운 분이고, 과인을 늘 아끼셨느니 —
자, 왕비, 내일이면 우리 작별을 해야 하오.

밝은 얼굴 하오. 짐 곧 떠나야 할 테니.

왕, 왕비, 오멀, 부시, 그린, 배고트 퇴장 †

노섬벌랜드
여러분, 랭커스터 공께서 타계하셨군요.

로스
하지만 살아 계신 거지요. 그 아들이 이제 랭커스터니까요.　　　　　225

윌로우비
명목뿐이지, 재산권 행사에선 아니지요.

노섬벌랜드
정의가 제대로 실현된다면, 두 면에서 다이지요.

로스
내 가슴 미어지나, 터지더라도 입 다물어야 하오 ―
하고 싶은 말 다 털어 놓아야 후련할 것이오만.

노섬벌랜드
아니오. 말씀하시오. 그리고 그대가 한 말을 누설하여　　　　　230
그대에게 위해(危害) 입힐 자 없으리니, 속 시원히 말씀하오.

윌로우비
말씀하시고자 하는 바가 허포드 공에 관한 것이오?

그렇다면, 거리낌 없이 시원히 말씀하시오.
그분께 좋은 일이라면 내 귀는 활짝 열려 있소.

로스
내가 그분 위해 할 수 있는 좋은 일이란 없소.   *235*
다만, 그 아버님을 잃고, 상속받아야 할 모든 것을
빼앗긴 그분을 동정하는 것이 옳은 처사란 말밖엔 —

노섬벌랜드
하느님 앞에 맹세커니와, 왕손인 그분과, 그 밖에 많은
고귀한 가문의 인사들이, 이 기울어져 가는 나라에서,
그런 부당한 처사를 견뎌야 한다는 것은 수치요.   *240*
임금은 제정신이 아니고, 아첨꾼들에게
조종당하고 있으니, 그자들이 단순한 미움 때문에
우리들 중 그 어느 누구를 겨냥한 보고를 하더라도,
임금은 우리들, 우리 목숨, 우리 자식들, 우리 후손들에게
혹독한 행형 가하기를 주저치 않을 것이오.   *245*

로스
무거운 과세로 평민들의 재산을 약탈하였고,
그네들의 인심을 잃었소. 귀족들에게도 해묵은
분쟁에 대해 벌과금을 부과했고, 인심을 잃었소.

윌로우비
허고, 날마다 새로운 착취의 방법을 짜내니 —
공란 약정서, 강요된 기부성 대여, 그 밖에 또 무엇이더라?   *250*

그런데 도대체 일이 어떻게 돌아갈 판이오?

노섬벌랜드
전쟁이 재원 고갈의 원인도 아닌 것이, 전쟁을 해본 적 있나?
조상들이 전쟁을 치루어 획득한 영토를
타협이니 무어니 하며 비겁하게 내어 주고—
그분들이 전시에 쓴 것보다 평화 시에 더 많이 썼지.   *255*

로스
월트셔 백작이 왕토를 세내고 있다오.

윌로우비
임금이란 사람이 파산 선고를 받은 것이나 진배없소.

노섬벌랜드
치욕과 파멸이 그 주변을 감도오.

로스
아무리 무거운 세금을 거두어들인다 해도,
추방된 허포드 공작의 재산을 강탈하는 것 외엔,   *260*
이번 아일랜드 전쟁을 치를 돈이 없는 거요.

노섬벌랜드
그 훌륭한 왕친(王親)의— 못돼먹은 임금이라니!
그럼에도, 경들, 이 끔찍한 태풍 다가오는 소리 듣기만 하고,
폭풍우 피할 은신처를 우리는 찾지도 않고 있구려.

바람이 돛에 매섭게 부는 걸 보기만 하고,   *265*
아무런 조치도 안 취한 채, 안심만 하고 침몰하고 있소.

로스
우리가 겪어야 될 파탄을 보기는 하지만,
그 파탄의 원인을 존속토록 방치하기 때문에,
그 위험 피할 방도가 없는 것이오.

노섬벌랜드
안 그렇소. 뻥 뚫린 죽음의 눈구덩을 통해서도   *270*
생명이 빛줄기 새어 나오고 있소. 그러나 아직은 우리에게
위안이 될 소식이 얼마나 가까이 다가왔는지 말 못하오.

윌로우비
참말이지, 우리 생각을 말씀드렸듯, 귀공 생각 말해 주오.

로스
안심하고 말해 주오, 노섬벌랜드 경.
우리 세 사람은 한 마음이니, 그렇기 때문에, 경께서   *275*
말씀하셔도 생각만 함과 같소이다. 허니, 망설이지 마오.

노섬벌랜드
그럼, 자― 브레타뉴에 있는 항만,
블랑 항으로부터 도착한 정보에 의하면,
허포드 공작 해리, 코브햄 경 레이놀드,
근자에 엑스터 공작과 결별한   *280*

아룬델 백작 리처드의 아들,
아룬델 백작의 아우인 전 캔터베리 대주교,
토머스 어핑햄 경, 존 램스튼 경,
존 노버리 경, 로버트 워터튼 경, 그리고 프랜시스 퀴인트―
모두들 브레타뉴 공의 도움으로 군장을 완비코,   *285*
여덟 척의 큰 선박에 삼천 명의 군사를 이끌고
이곳을 향하여 전속력으로 오고 있는데,
얼마 안 있어 우리 북쪽 해안에 도착할 것이오.
아마 벌써 상륙했는지 모르겠소. 임금이 먼저
아일랜드로 출발하기를 기다리는 것 아니라면―   *290*
우리를 노예처럼 가두는 멍에를 벗어 버리고,
쇠락해가는 조국의 부서진 날개에 새 깃털을 꽂고,
우중중한 돈 거래로 저당 잡힌 오염된 왕관을 구하고,
우리의 왕홀의 광채를 가리는 먼지를 쓸어내어,
존엄한 왕권을 그 본연의 모습으로 만들고 싶으면,   *295*
나와 함께 서둘러 레이븐스퍼러로 갑시다.
그러나 그렇게 하기가 두려워 용기가 안 난다면,
여기 있으오. 비밀이나 지켜 주고―나 혼자 가리다.

로스
갑시다. 서둘러서―의혹은 두려워하는 자들에게 맡기고―

윌로우비
내가 탄 말 지치지만 않으면, 내가 제일 먼저 도착하겠소.   *300*

모두 퇴장 ✝

70
리처드 2세

2막 2장

윈저 성
왕비, 부시, 배고트 등장

부시
왕비 전하, 몹시 울적해하시는군요.
전하와 헤어지실 때 약속하셨지요.
삶의 원기를 빼앗아 가는 근심은 거두어 버리고
쾌활한 기분을 유지하시겠다고요 —

왕비
전하를 기쁘게 하려 그리하였소. 나 자신을 위해선   5
그리할 수가 없구려. 그런데 내 사랑하는 리처드와,
잠깐 만났다가 헤어지는 것 같은 아쉬움을 갖고
작별하는 것 말고는, 왜 슬픔이 난데없이 찾아드는
것인지 모르겠다오. 그럼에도 왠지 이런 생각이 들어요.
운명의 여신 자궁 속에서 자라 곧 태어날 어떤 슬픔이   10
나에게 다가오고 있다고 — 그리고 내 맘속 깊은 곳엔
무언지 모를 두려움이 있어요. 무언가에 대한 슬픔이지요.
내 낭군이신 전하와 작별하는 것보다 더한 슬픔 말예요.

부시

진정한 슬픔 하나에, 슬픔 비슷한 것 스물은 됩니다.
슬픔처럼 보이지만, 사실은 아닌 경우가 많거든요.   *15*
슬픔의 눈은, 시야를 흐리게 하는 눈물에 가리워져,
사실은 온전한 하나인 것을, 요지경 속에서처럼
여럿인 것으로 보이게 하는데, 보이는 그대로 보면
뒤범벅인 혼란뿐이지요. 보는 각도를 조금 달리하면
정확히 볼 수 있답니다. 왕비 전하께서는,   *20*
전하께서 출정하심을 잘못된 시선으로 보심으로써,
작별 자체보다 더 많은 슬픔의 형체를 보시는 것 —
실재하는 그대로를 보시면, 그건 사실은 있지도 않은
허상들일 뿐 — 그렇다면, 자애로우신 왕비 전하,
전하의 출정에 대한 슬픔 이상은 갖지 마세요. 그 이상은 없는 거고,   *25*
만약 그 이상이 보인다면, 그건 거짓된 슬픔의 눈을 통해서인데,
허상을 보면서 실상인 것으로 알고 우시는 겁니다.

왕비

그런지도 모르죠. 하지만 내 맘속 깊은 곳에선
그런 게 아니라고 자꾸 그래요. 어떤 게 맞는지 모르지만,
난 슬프지 않을 수 없어요. 너무너무 슬퍼서,   *30*
아무 생각도 하지 않겠다는 바로 그 생각만 하려 해도,
무언지 모를 걱정에 아득해지고 자지러들어요.

부시

근거 없는 환상일 뿐입니다, 왕비 전하.

왕비

환상은 절대로 아녜요. 환상이 생겨나려면

그걸 낳는 슬픔이 있어야잖겠어요? 내 경우는 아니에요.   *35*

내가 갖는 슬픔이 생겨날 아무 이유가 없거든요. 아니면

내가 이유 없이 슬퍼하니까, 바로 그래야 하는 이유가 있어야 해요.

이건 앞뒤 순서가 거꾸로 된 것 같지만 말예요.

그런데 아직 알려지지 않은 그것이 무엇인지

난 그 정체를 모르겠어요. 정체를 알 수 없는 근심이겠죠.   *40*

그린 등장 †

그린

왕비 전하, 강녕하소서. 그리고 두 분, 잘 만났소.

전하께서 아직 아일랜드로 출항하시지 않았으면 합니다.

왕비

왜 그런 말씀을 하죠? 이미 출항하셨기를 바라야죠.

전하의 출정은 신속해야 하고, 신속해야 결과가 좋죠.

그런데 왜 전하께서 아직 출정 안 하셨기를 바라죠?   *45*

그린

우리의 희망인 전하께서 정벌군을 철수토록 하시어,

막강한 전세를 자랑하며 이미 이 땅에 상륙한

적의 희망을 절망으로 몰아가실 수 있기 위해섭니다.

추방당한 볼링브로크가 스스로 추방령을 해제하고,

반란군을 이끌고 이미 레이븐스퍼러에   *50*

무사히 도착했습니다.

왕비
하느님 맙소사.

그린
아, 왕비 전하, 사실입니다. 설상가상으로, 노섬벌랜드 경,
그 아들 헨리 퍼시, 로스, 보몬드, 그리고 윌로우비 경들이
추종자들의 세를 규합해, 그와 합류하려 도주했습니다.   55

부시
왜 노섬벌랜드와 반란에 참여한 무리
나머지에 반역죄를 선포하지 않았소?

그린
그리하였소. 그러자 우스터 백작이
그의 관장(官杖)을 꺾고 관직을 사임하고는,
식솔 하인들을 거느리고 볼링브로크에게 도주했소.   60

왕비
하니, 그린 경, 그대는 내 비통함을 낳아 준 산파요,
볼링브로크는 내 슬픔이 낳은 암울한 소생이라.
이제 내 영혼은 끔찍스런 자식 하나를 낳았으니,
산고(産苦) 끝내고 가쁜 숨 몰아쉬는 산모이지만,
내게는 비통함과 슬픔만이 겹겹으로 다가온다오.   65

부시
너무 낙담치 마소서, 왕비 전하.

왕비
어떻게 낙담치 않을 수 있어요?
난 절망할 터이고, 사람 맘을 달래며 속이는
희망은 멀리할래요. 희망이란 아첨꾼이고,
기생충이고, 죽음을 감추고 안 보이게 하는 놈인데,   70
헛된 희망이 마지막 순간까지 지속시켜 주는
생명의 고리를 살그머니 풀어헤쳐 버리지요.

요크 등장 ✝

그린
여기 요크 공작께서 오십니다.

왕비
연로하신 분이 목에 갑주를 두르시고.
아, 얼굴에 그득한 수심의 그늘이라니!   75
시숙 어르신, 부디 위안되는 말씀 좀 해 주세요.

요크
그리한다면 내 생각을 감추는 것이 되오.
위안은 하늘에나 있고, 우린 지상에 있소.
지상엔 번민, 우환, 그리고 슬픔만 있는 거요.
그대 낭군은 먼 데 일 해결하러 떠나 버렸고,   80

엉뚱한 자들이 집안 망치려 들이닥치고 있소.
전하의 땅 지키라는 명받고 내 여기 남았으나,
나이 들어 약한 몸 자신을 지탱키도 어렵구려.
이제 전하의 무절제한 쾌락이 불러온 병고가 닥쳤으니,
전하께 아첨하던 무리 얼마나 신실한지 알아볼 때요.   *85*

하인 등장 ✝

하인
성주님, 성주님 아드님께선 제가 오기 전 출발하셨습니다.

요크
그래? 모든 일이 다 제 갈 길로 가는군.
제후(諸侯)는 적 편으로 떠났고, 평민은 냉담하니,
허포드 편을 들어 반란을 일으킬까 걱정이다. 너는
플래시로 가서, 내 계수 글로스터 공작부인 찾아뵙고,   *90*
내게 일천 파운드를 곧바로 보내달라고 여쭈어라.
잠깐, 내 반지를 가져가라.

하인
성주님, 제가 성주님께 여쭙는 것을 잊었습니다.
오늘 오는 길에 그곳에 들렀습니다.
성주님 들으시면 슬퍼하실 소식이옵니다.   *95*

요크
이놈아, 그게 무어냐?

하인
제가 도착하기 한 시간 전 공작부인께서 운명하셨습니다.

요크
하느님 맙소사. 밀물처럼 몰려드는 고통이
이 고난 가득한 땅에 일거에 닥쳐오는구나!
어떻게 해야 할지 모르겠다. 하느님께서 차라리   *100*
내게 불충함 있어 전하가 그러하진 않았을지라도
내 아우 목을 칠 때 내 목도 함께 치도록 하셨더라면 ─
아니, 아일랜드로 급파된 전령들도 없단 말인가?
이 전쟁들을 치를 수 있는 돈을 어디서 구한담?
자, 계수씨 ─ 아니지, 질부(姪婦), 용서하시오.   *105*
자, 너는 성(城)으로 돌아가서 마차를 준비하고
거기 있는 병장기들을 실어 오너라.

하인 퇴장 ⸸

제공(諸公), 가서 모병을 하셔야 하지 않겠소?
이처럼 뒤범벅이 되어 내게 닥친
이 사태를 어찌 처결할지 내 안다 한들,   *110*
내 말 믿지 마시오. 둘 다 내 친족이오.
한 분은 나의 주군이니, 나의 충성 맹세와
신하로서의 의무가 지켜드려야 할 분 ─ 또 하나도 역시
내 친족, 임금으로부터 그 정당한 권리를 참탈당했으니,
양심과 친족으로써의 정리(情理)가 이를 바로잡으라 하오.   *115*
자, 무언가 하기는 해야겠지. 자, 조카,

내 너를 맞아주마. 제공(諸公), 가서 군세를 모아
버클리에서 곧 나와 합류토록 하시오.
나는 플래시에도 가 보아야겠지만,
시간이 허락지 않을 것 같소. 사정이 급박하고,   *120*
상황이 어찌 돌아갈지 혼란스럽기만 하오.

요크와 왕비 퇴장 ✝

부시
소식이 아일랜드에 도착하기 어렵지 않은 순풍인데,
아무 회신이 없구려. 우리가 적을 상대할 만한
군세를 갖출 정도의 모병을 한다는 것은
불가능한 일이오.   *125*

그린
뿐만 아니라, 우리가 전하의 총애를 받는 만큼
전하를 좋아하지 않는 자들의 미움을 산다오.

배고트
그게 바로 평민들의 이랬다저랬다 하는 마음 아니오?
그네들 마음이란 지갑에 있는지라, 지갑을 터는 자는
그 정도에 따라 그네들 가슴을 미움으로 채운다오.   *130*

부시
그래서 전하께서 만인의 미움 사시는 것이오.

배고트
평민들이 우리를 심판한다면, 우리 또한 그럴 것이오.
왜냐면 우린 항상 전하의 측근이었기 때문이오.

그린
자, 나는 곧바로 브리스토우 성으로 피신하려오.
월트셔 백작은 이미 거기에 가 있다오.   *135*

부시
나도 당신과 함께 그리로 가겠소. 증오에 가득 찬
우중(愚衆)이 우리들에게 해줄 일이란
개처럼 우리를 발기발기 찢는 일뿐일 터이니.
우리와 함께 가시겠소?

배고트
아니오. 나는 전하께서 계신 아일랜드로 가려오.   *140*
잘 가시오. 예감이 부질없는 것 아니라면,
우리 셋 여기서 헤어져 다시는 못 만날 것 같소.

부시
요크가 볼링브로크 제압하는 것만큼 어려운 일이오.

그린
아, 요크 공이 안됐구려. 공이 감당하셔야 할 일은
모래알 헤아리고 대양(大洋) 마셔 버리려는 거와 같소.   *145*
공의 편에서 한 명 싸울 때, 수천 명이 이탈할 터이니.

이만, 잘 가오. 이번만, 아니 오래, 아니 영원히 —

부시
그만 — 우리 또 만날 수 있겠지.

배고트
못할 것 같아.

모두 퇴장 †

2막 3장

글로스터셔
볼링브로크와 노섬벌랜드 등장

볼링브로크
백작님, 여기서 버클리까지는 얼마나 됩니까?

노섬벌랜드
솔직히 말씀드리면, 존경하옵는 각하,
여기 글로스터셔는 제게도 낯선 고장입니다,
이 높고 황량한 언덕들과 거칠고 울퉁불퉁한 길이
우리 갈 길을 더욱 멀게 만들고 우릴 지치게 합니다.   5
그럼에도 각하의 인자한 말씀이 설탕과 같아,
어려운 여정을 감미롭고 즐거운 체험으로 만듭니다.
한편 생각하면, 레이븐스퍼러부터 코츠홀까지
가야 하는 길이, 로스와 윌로우비에겐 얼마나 지루할까
저어됩니다. 각하께서 동행하시는 길이 아니니까요.   10
각하와 행보를 함께하니 이 긴 여정이
전혀 지루하지 않게 느껴진다고 단언합니다.
허나, 그네들의 여로 또한, 제가 지금 향유하는 이 은혜를
머지않아 그들도 입을 것이라는 기대로 감미로울 겁니다.

다가오는 기쁨에 대한 기대는, 그 기쁨이 현실이 되었을 때   *15*
못지않은 기쁨을 줍니다. 이 기대감으로, 지친 두 사람
그네들의 여로가 짧은 걸로 생각겠죠. 저의 여정이
각하를 눈앞에 봄으로써 그러했듯 말씀입니다.

볼링브로크
내가 동행한다는 사실이 공께서 말씀하시는 것만큼
무슨 대단한 일이겠소이까? 헌데 여기 오는 사람은?   *20*

해리 퍼시 등장 🗡

노섬벌랜드
어디에선지는 모르겠으나, 제 아우 우스터가 보낸,
나이 어린 제 아들놈 해리 퍼시올습니다.
해리, 네 숙부는 어떠하시냐?

퍼시
아버님, 숙부님 근황은 아버님으로부터 들을 것으로 생각했는데요.

노섬벌랜드
아니, 왕비전하와 함께 아니 계시냐?   *25*

퍼시
아뇨, 아버님. 숙부님께서는 왕궁을 이미 떠나셨고,
관장(官杖) 꺾고, 임금 가솔을 해산시키셨습니다.

노섬벌랜드

그 이유가 무엇이더냐?

지난번 만나 이야기했을 때는 그럴 것 같진 않았는데.

퍼시

아버님께서 반역자로 선포되셨기 때문입니다.   30

하온데, 아버님, 숙부님은 허포드 공께

도움을 드리려 레이븐스퍼러로 향하셨습니다.

그리고 버클리를 경유해, 요크 공께서 얼마나 큰

군세를 확보하였는지 알아본 후, 군령을 받아

레이븐스퍼러로 향하라 하시며 저를 보내셨습니다.   35

노섬벌랜드

너, 허포드 공작님을 잊었느냐?

퍼시

잊다뇨, 아버님. 기억할 기회도 없었던 분을

잊을 수는 없겠지요. 제가 알기로는,

한 번도 그분을 뵈온 적이 없습니다.

노섬벌랜드

그러면 지금 그분을 뵙거라. 이분이 공작님이시다.   40

퍼시

각하, 소생 각하를 성심을 다하여 모시겠나이다.

아직 미숙하고, 설익고, 어리기만 한 것이오나,

세월 지나면 무르익어 각하의 인정을 받고
그 값어치가 드러날 충정을 약속드립니다.

볼링브로크
고맙소, 퍼시 경. 그리고 믿어 주오.   45
내 진정한 친구들을 기억하는 사람으로서 가질 수 있는
행복을 다른 어디서도 찾을 수 없다고 생각한다는 것을.
그리고 그대의 충정과 더불어 나의 운이 익어가면,
그대의 참된 충정은 항시 보상을 받을 것이오.
진심으로 이 약조를 하는 것이며, 내 손으로 이렇게 봉인하오.   50

노섬벌랜드
버클리까지는 얼마나 되느냐? 그리고 무슨 일로
사람 좋은 요크 노인께서 군사들과 거기 머무르시느냐?

퍼시
저기 보이는 나무숲 곁에 그 성곽이 있는데,
제가 듣기로는 삼백 명의 군사들이 지키고 있고,
그 안에 요크 경, 버클리 경, 그리고 세이머 경이 있고,   55
그 외에 명성과 지체 높은 사람은 없는 것으로 압니다.

로스와 윌로우비 등장 †

노섬벌랜드
여기 로스 경과 윌로우비 경이 오는군요 ―
피나는 박차질과 불붙는 듯한 서두름으로.

볼링브로크
어서 오시오, 경들. 내 알겠소. 그대들의 정은
추방된 대역 죄인에게 기우는 것을─내가 드릴 것은   60
감사하단 말뿐이구려. 형편이 나았다면
그대들의 우정과 노고에 보답할 수 있으련만.

로스
이렇게 뵙는 것 자체가 포상이오이다, 존경하옵는 각하.

윌로우비
그리고 이를 위한 저희 노력을 포상하고도 남소이다.

볼링브로크
가난한 자가 보일 수 있는 성의는 고맙다는 말뿐이구려.   65
내 보잘것없는 처지가 세월과 더불어 피어날 때까지는,
그것이 내가 드릴 수 있는 전부요. 헌데, 누가 오는가?

버클리 등장 †

노섬벌랜드
버클리 경인 듯하오이다.

버클리
허포드 경, 그대에게 할 말 가져왔소.

볼링브로크

공, 내 대답 들으려거든, 날 랭커스터라 부르시오.   *70*

그리고 난 영국 땅에서 그 이름을 찾으려 왔고,

그대가 하는 말에 내 그 어떤 대답을 하기 전에

그대의 혀에서 그 호칭이 나오는 것을 들어야겠소.

버클리

오해하지 마시오. 공을 영예롭게 할 수 있는

그 어떤 칭호도 지워 버리려는 뜻은 내겐 없소.   *75*

그대가 어떤 호칭을 원하든, 나 공께 온 것은,

이 왕토의 자애로우신 섭정 요크 공작의 명을 받들어,

그대가 무슨 연유로 전하께서 부재하신 틈을

이용할 마음을 먹었고, 무단히 군사를 일으켜

조국의 평화를 어지럽히는지 알고자 함이오.   *80*

요크 등장 †

볼링브로크

내 그대를 통해 말씀드릴 필요가 없구려.

여기 몸소 오고 계시니. 숙부 어르신! 〔**무릎 꿇는다**〕

요크

무릎을 꿇기보단 네 마음부터 굽히거라.

무릎이야 거짓으로도 꿇을 수 있는 것이거늘.

볼링브로크
자애로우신 숙부님 ―   85

요크
쯧쯧, 자애는 무엇이며, 숙부는 무슨 얼어 죽을 숙부냐 ―
난 반역자의 숙부도 아니고, 그 "자애"라는 말은
자애를 저버린 자의 입에서 나오면 불경스럽다.
추방당해 입국이 엄금된 네 두 다리가 어찌해서
감히 영국 땅에 한 발짝이라도 내딛게 된 것이냐?   90
묻는 김에 더 묻는다. 어찌해서 저들이 감히
영국의 평화로운 가슴을 딛고 먼 길을 행군하여,
창백하게 질린 마을들을 전쟁과 흉물스런 병장기
거들먹거리며 두려움에 떨게 만드는 것이냐?
도유(途油) 받으신 임금께서 안 계셔서 너 온 것이냐?   95
에이, 어리석은 것, 전하께서 계신 것과 진배없으니,
내 충직한 가슴에 전하의 권능 담겨 있느니라.
네 아버지, 용맹스런 곤트와 내가
젊은 군신(軍神)이었던 검은 갑주(甲冑)의 왕자, 큰형님을
수천 명의 프랑스 군들의 전열(戰列)에서 구해냈을 때처럼,   100
내 지금 젊은 날의 혈기를 되찾을 수 있다면,
아, 지금은 늙어 후들거리는 내 이 팔로
얼마나 빨리 네놈을 응징하고
네놈의 잘못을 바로잡아 줄 수 있으련만!

볼링브로크
숙부님, 제 잘못이 무엇인지 말씀해 주세요.   105

죄질은 어떠하며, 어떤 짓거리로 나타났던가요?

요크
죄질치고는 제일 고약한 것이렷다 —
해괴한 반란, 역겨운 반역으로 말이다.
너는 추방당한 놈인데, 그 추방 기간이
끝나기도 전에 이렇게 온 것 아니냐?   110
네 주군에게 감히 무력을 행사할 양으로 —

볼링브로크
제가 추방당했을 때, 저는 허포드였습니다.
하지만 지금은 랭커스터의 자격으로 왔습니다.
그리고 숙부님께 간곡히 여쭙고자 하오니, 제발
편파심 없는 눈으로 제게 가해진 부당함을 보옵소서.   115
숙부님은 제 아버님이십니다. 저 보기에 숙부님께서는
돌아가신 곤트의 생전 모습 그대로니까요. 그렇다면, 아버님,
저의 권리와 재산권이 제 품에서 강탈되어
신출내기 낭비꾼들에게 주어진 채, 정처 없이
떠돌아야만 하는 죄인으로 낙인찍히는 것을   120
허용하시겠나이까? 제가 태어난 이유가 무엇입니까?
저의 사촌인 임금이 영국의 군왕이라면,
저 또한 당연히 랭커스터 공작이어야 합니다.
숙부님께도 아드님, 제 사촌인 오멀이 있습니다.
숙부님께서 먼저 돌아가셨고 오멀이 이처럼 짓밟혔다면,   125
오멀은 그의 백부 곤트가 아버지 되어,
부당한 처우를 폭로하고 끝까지 추궁하심을 보았을 겁니다.

토지점유 인도 절차를 밟을 길이 막혔으나,
저의 봉토수령권은 제게 이를 허락합니다.
제 선친 소유의 기물은 모두 압류되어 팔려 버렸고,   *130*
그뿐 아니라 모두가 다 엉뚱한 데로 가 버렸습니다.
저는 어떻게 해야 합니까? 저는 신민의 한 사람이고,
제 권리를 주장합니다. 법적 도움을 받을 길이 막혔고,
따라서 저는 적자(嫡子)로서의 재산 상속에 대한
저의 권리를 주장하기 위해 직접 나선 것입니다.   *135*

노섬벌랜드
공작께서는 너무나 부당한 일을 당하신 겁니다.

로스
공께서 이 부당한 처우를 바로잡아 주셔야 합니다.

윌로우비
공작님 재산으로 천박한 것들 위세만 높아졌습니다.

요크
영국의 제공(諸公), 내 말을 들으시오.
내 조카가 당한 부당한 처우를 나도 알고 있었고,   *140*
그걸 바로잡으려 나 나름대로 할 바를 다했소.
그러나 이처럼 무력을 동원하여 오고,
못된 방법으로 잘못을 시정하려, 직접 칼을 들고
덤벼들어 길을 헤쳐 나감은—그래선 아니 되오.
그리고 내 조카를 이런 길로 부추기는 제공은   *145*

역심을 품은 것이고, 모두가 다 역적들이오.

노섬벌랜드
공작께서 맹세하시기를, 그분이 오신 것은
다만 그분 것을 찾기 위함이라셨소. 그리고 그 권리를 위해
우리 모두 그분께 도움을 드리기로 굳게 맹세하였소이다.
그리고 그 서약을 깨뜨리는 자에겐 기쁨이 없으리오.   *150*

요크
자, 자, 이 무력행사의 귀추를 알겠다.
내 고백하건대, 내 힘으론 어쩔 수 없으니,
내 군세는 약하고 오합지중인 때문이다.
허나, 내 할 수만 있다면, 내게 생명 주신
하느님 앞에 맹세코, 내 그대들 모두를 체포하여   *155*
전하의 자비를 간원코자 무릎 꿇도록 하였을 터.
허나, 내 그리 못할진대, 그대들에게 말하노니,
나는 중립을 지키겠소. 하니, 잘들 가시오 ─
성 안으로 들어가서 오늘 밤은 거기서
여독을 풀기를 원치 않는다면 ─   *160*

볼링브로크
숙부님, 그 제안 받아들이겠습니다.
그러나 숙부님께서는 저희들과 함께
브리스토우 성으로 가셔야겠습니다.
국가를 좀먹는 병충들인 부시, 배고트,
그리고 그 일당이 그 성에 있다고 합니다.   *165*

그것들을 잘라내고 뽑아 버리기로 맹세했습니다.

요크
내 그대들과 함께 갈 수도 있지. 허나, 우리 국법을
어기는 걸 내 원치 않으니 이쯤 해 두겠다.
벗도 아니고 적도 아닌 그대들, 안으로 드시오.
수습 단계를 벗어난 일들을 걱정해서 무엇하리.   *170*

모두 퇴장 †

2막 4장

웨일즈의 군영
솔즈베리 백작과 웨일즈 군 부대장 등장

부대장
솔즈베리 백작님, 저희들 벌써 열흘을 기다렸고,
그동안 병사들 모인 채 있게 하느라 애먹었습니다.
헌데, 전하로부터는 아무 소식도 없습니다.
하니, 저희들 그만 해산하겠습니다. 안녕히 계십시오.

솔즈베리
하루만 더 기다려 주시오, 미더운 웨일즈 사나이.   5
전하께선 그대에게 모든 믿음을 걸고 계신다오.

부대장
전하께선 돌아가셨다고 합니다. 더 있을 수 없습니다.
온 나라에 있는 월계수가 다 시들어 버렸고,
유성(流星)들이 천공의 항성(恒星)들을 놀래키고,
창백한 달은 핏기를 머금은 채 지상을 비추이고,   10
비쩍 마른 점쟁이들은 끔찍스런 변화를 쑥덕이고,
부유한 자들은 침울해 보이는데, 악당들은 춤추고 뛰니 —
전자는 그네들 가진 것 잃을까 두려워하고,

후자는 폭동과 전쟁으로 세상 뒤집힐 것 바라서지요.
이 조짐들은 군왕들의 죽음과 몰락 앞에 나타나지요.   *15*
안녕히 계십시오. 웨일즈 병사들 다 가고 흩어졌으니,
그들의 임금 리처드가 죽은 걸로 믿기 때문이올시다.

퇴장

솔즈베리
아, 리처드! 나 수심 어린 눈길로
그대의 영광 마치 별똥처럼
천공에서 땅으로 지는 걸 보누나.   *20*
그대의 태양 울면서 서쪽으로 지나니,
폭풍우와 고난과 소요가 다가옴을 보면서 ─
그대의 친구들 그대 적 섬기려 떠났고,
모든 운이 그대를 거스르며 가누나.

퇴장

3막 1장

브리스톨 성문 앞
볼링브로크, 요크, 노섬벌랜드 등장. 부시와 그린 죄수로 등장 †

볼링브로크
이자들을 데려오시오. 부시, 그리고 그린,
너희들 영혼 곧 너희들 몸을 떠날 터이니,
너희들의 해악에 가득 찬 삶을 너무 추궁하여
너희들 영혼을 괴롭히진 않겠다 — 그건
자비롭지 못한 일일 테니까. 허나, 내 손에 묻을   5
너희들 피를 씻어 내려면, 여기 만좌 중에
너희들 죽어야 하는 몇 가지 이유를 밝히련다.
너희들은 한 왕손, 한 군왕을 잘못된 길로 유인하여,
그 혈통과 용모에 있어 더할 나위 없이 훌륭한 분을
불행으로 이끌고 더할 나위 없이 손괴(損壞)하였다.   10
너희들의 죄로 얼룩진 시간으로, 전하와 왕비전하
사이를 너희들이 갈라놓은 것과 다름없으니,
군왕의 침상을 그분들이 향유함에 걸림돌이 되었고,
아름다운 왕비전하의 두 뺨이 눈물로 얼룩지도록 하였으니,
너희들의 못돼먹은 행실 때문에 흘리신 눈물이다. 8   15
나 자신은 — 내 출생으로 인해 왕손으로 운명지어져,
전하와는 혈친이요, 친족간의 사랑을 나눈 사이였으나,

급기야 너희들 사주로 전하께서 나를 오해하시게 되어 ―
너희들의 전횡 앞에 나의 목을 굽혀야 했고,
내 영국인의 한숨을 외방(外邦)의 구름을 향해 내쉬며,   20
추방된 자 목 메이게 하는 마른 빵을 먹었다.
그동안 너희들은 내 장원(莊園)에서 잘 먹고,
내 소유의 숲을 멋대로 개방하고 벌목을 일삼았으며,
내 집 창문에서 내 가문의 문장(紋章)을 뜯어내고,
내 인장(印章)을 지움으로 나의 표징을 없앴으니,   25
세간(世間)의 평판과 내 몸에 흐르는 피만이
내가 명문의 손(孫)임을 입증할 수 있었다.
이것 말고도 더 많은 죄목이, 그 곱절이 넘는 죄목이,
너희들을 형장으로 보내는 것이다. 이자들을
처형토록 하고, 죽음의 손에 넘겨 버리시오.   30

부시

죽음의 손길 내게 뻗침이 볼링브로크가 영국에 온 것
보다는 환영할 일이로다. 경들, 안녕히 계시오.

그린

내 위안 삼을 것은, 하늘이 우리 영혼을 맞아들이고,
지옥의 고통으로 불의를 응징하리라는 것이오.

---

8 이 대사는 한두 가지 가능성을 시사한다. 그 하나는 이 간신들이 채홍사 노릇
   을 함으로써, 리처드가 외도를 하도록 부추겼다는 의미도 되고, 아니면 ― 크
   리스토퍼 마알로(Christopher Marlowe)가 〈에드워드 2세〉에서 그려 놓은 대
   로 ― 리처드의 증조부 에드워드 2세가 그러했듯, 리처드가 총신인 그네들과
   비정상적인 관계를 가졌다는 의미도 된다. 주어진 텍스트만으로는 최종적 해
   석이 불가능하다.

볼링브로크

노섬벌랜드 경, 저자들 처형토록 하시오.   *35*

노섬벌랜드와 죄수들 퇴장 ⸸

숙부님, 왕비전하께서 숙부님 댁에 거처하신다지요.
부디 왕비전하 모심에 소홀함 없도록 하시고,
저의 간곡한 충정 알아주십사고 여쭈어 주세요.
제 안부 말씀 잘 전해지도록 각별히 유념해 주세요.

요크

왕비전하께 대한 조카님의 성심을 충분히 밝힌   *40*
서신을 내 인편을 통해 급히 보내드렸소.

볼링브로크

고맙습니다, 숙부님. 자, 공들, 가십시다.
글렌다워와 그의 패거리와 싸우기 위해 — 9
잠깐 고된 시간 갖고, 나중에 즐깁시다.

모두 퇴장 ⸸

9　오웬 글렌다워(Owen Glendower)는 웨일즈의 토호로서, 리처드의 편을 들고
랭커스터 가에 적대적이었다고 홀린쉐드(Holinshed)는 그의 〈연대기〉에 적었
다. 그는 이 극에 등장하지는 않지만, 〈헨리 4세〉1부에서는 왕위에 오른 헨
리에게 대항해 반란군을 일으키는 사람으로 등장한다. 2막 4장에 등장하는
'Welsh Captain'이 그일 것이라 추정하는 사람들도 있다.

3막 2장

웨일즈의 해변
북소리, 나팔소리, 기치창검 리처드 왕, 오멀, 칼라일 주교, 병사들 등장

리처드
이 앞에 있는 것이 바클로울리 성인가?

오멀
그렇습니다, 전하. 거친 바다에 시달리고 난 뒤인데,
전하께서는 이 공기가 어떻다고 느끼십니까?

리처드
마음에 들고말고. 내 왕토를 다시 딛고 서니
기쁨에 울음이 난다오. 다정한 대지여,   5
반도(叛徒)들은 말발굽으로 네게 상처를 입히나,
내 너에게 손을 갖다 대어 인사하노니,
아기와 오래 떨어져 있던 어미가
다시 만남에 눈물과 미소가 뒤섞이며 끌어안듯,
나 또한 울며, 미소 지으며 네게 인사하노라, 나의 땅이여 ―   10
그리고 내 군왕의 손으로 너를 어루만지노라.
내 착한 대지여, 네 주군의 적을 먹여 살리지 말고,
네 달콤한 열매로 그자의 식욕을 달래지 말지어다.

아니, 너의 독기를 빨아들이는 거미들과
굼실대며 기어가는 두꺼비들 그들 앞에 놓여,   15
왕권을 유린하는 그들의 발걸음으로 너를 짓밟는
그자들의 배신의 발길에 짜증스러움을 더해 주거라.
나의 적들에게 쐐기풀이 덤벼들어 찌르게 하라.
그리고 그것들이 네 품에서 꽃 한 송이 꺾을 때는,
제발 이르노니, 숨어 있는 독뱀으로 그 꽃을 지켜라.   20
그 뱀의 갈라진 혀가, 한 번 닿으면 회복이 불가한 힘으로,
그대의 주군의 적들에게 죽음을 던져 주게 하라.
제공(諸公), 감각 없는 대지에 내 호소함을 조롱 마오.
이 대지는 감응할 것이며, 이 돌멩이들로 말할라치면,
이 땅 위해 태어난 군왕이 못된 반역의 창칼 앞에서   25
흔들리기 전에, 무장을 한 병사들 몫을 할 거요.

칼라일

두려워 마소서, 전하. 전하를 군왕으로 만드신 바로 그 힘이,
그 어떤 상황에서도 전하를 군왕이시게 할 힘을 갖습니다.
하늘이 허하시는 방도를 끌어 안으셔야 하고,
게을리하셔선 아니 되옵니다. 안 그러시면, 하늘의 뜻을   30
우리가 거역함이요, 하늘은 주시고자 하되, 우리는
우리에게 주어진 위무와 치유의 방도를 거부하는 것입니다.

오멀

주교님 말씀은, 전하, 우리가 너무 태만하다는 것입니다.
우리가 안심하고 있는 틈을 타, 볼링브로크는
세력을 확장하고 군세를 강화하고 있습니다.   35

리처드
사촌이 내 기(氣)를 꺾는군. 자네는 알지도 못하는가?
만유(萬有)를 탐색하는 하늘의 눈이 지구 저 편에 숨어
저 아래 세상을 비추이게 되면,
도적들과 강도들이 살인과 무법의 행위를
뻔뻔스레 저지르며 보이지 않게 횡행하는 법 —   40
그러나 이 땅 덩어리의 공 아래로부터 태양이
동쪽에 기세 좋게 솟은 소나무들을 불붙이고,
죄로 얼룩진 구멍마다에 그 빛을 쏘게 되면,
살인이며, 반역 행위며, 역겨운 죄행들은,
밤의 외투가 그것들 잔등이로부터 벗겨짐에 따라,   45
만천하에 모습이 드러나고 스스로에 떨게 되는 것을?
하니, 짐이 땅 저 편에 사는 자들 사이에서 배회하는 동안,
줄곧 야음을 틈타 제멋대로 굴던
이 도적, 이 반역자, 볼링브로크는
짐이 동쪽 옥좌에서 떠오르는 것 볼 것이요,   50
그자의 모반은 그자 얼굴 물들일 것이니,
밝은 낮의 햇살을 견디지 못함이요,
스스로의 죄상에 놀라 떨 것이기 때문이오.
거칠게 파도치는 바다 물결 다하여도
도유(塗油)한 군왕 몸에서 향유(香油) 씻어내진 못할 터. 55
세속의 인간들이 내뿜는 숨결은 결코
주님께서 점지하신 대리인을 폐하지 못할 터 —
짐의 황금 왕관 거역할 못된 병장기 들리기 위해
볼링브로크가 징집한 병사 한 명에,
하느님께선 리처드 위해 천상의 보수 약조 받은   60

영광스런 천사 기용하였다. 하니, 천사들 싸움에 임하면,
약한 인간 쓰러져야 하는 법 ─ 하늘은 항상 옳은 편 쪽이니 ─

솔즈베리 등장 ⚔

잘 오셨소. 경의 군대는 얼마나 멀리 있소?

솔즈베리
저의 이 보잘것없는 팔보다 더 가까이도 더 멀리도
아니오니다, 전하. 말씀드리기 몹시 곤혹스러우나,   65
절망적인 소식밖에는 여쭐 것 없나이다.
딱 하루밖에 아니 되는 간발의 차이로, 전하,
전하께서 누리실 지상에서의 행복한 나날 다하였나이다.
어제를 되부르시고, 시간이 역류토록 하소서.
그러면 전하는 일만 이천 명의 군사가 있을 것이오이다.   70
오늘, 바로 오늘, 만사가 늦어져 버린 불행한 날,
전하의 기쁨도, 친구도, 행운도, 국권도, 다 스러졌습니다.
전하께서 돌아가셨다는 풍문에, 웨일즈 병사들 모두가
볼링브로크에게 가고, 흩어지고, 도주했습니다.

오멀
전하, 심기 돋우소서. 왜 그리 창백하십니까?   75

리처드
바로 얼마 전까지만 해도, 이만 명 군사들 피가
내 얼굴에 피었었다. 헌데, 다 도망갔다.

그 많은 피가 내 얼굴에 돌아올 때까지,
내 얼굴 창백하게 질리고 사색이 되지 않을 것이냐?
살아남고 싶은 자, 다 내 곁을 떠나거라.   80
시간이 내 자긍심에 오점을 찍었으니 ―

오멀
고정하옵시오, 전하. 전하가 뉘시오이까?

리처드
내가 누군지 잊었었구나. 난 임금이 아니더냐?
깨어나라, 겁에 질린 군왕의 기개여, 잠들어 있구나.
임금이란 명칭 하나가 이만 명에 버금가지 않느냐?   85
무장하라, 내 이름아! 보잘것없는 신하 하나가
그대의 큰 영광을 부순다. 눈을 내리 깔지 마라,
임금의 총애를 받는 그대들 ― 짐 높은 데 있지 않은가?
짐의 상념 또한 높아야 할지니. 내 숙부 요크께서
짐을 도울 만한 군세를 확보하고 계시지. 헌데, 누가 오는가?   90

스크루프 등장 ✝

스크루프
근심에 절은 저의 혀가 여쭐 수 있는 것보다
더한 건승과 행복이 전하와 함께하시기를 ―

리처드
내 귀는 열려 있고 내 가슴은 준비되었느니.

그대가 전해 줄 최악의 소식이라야 세속의 상실일 것.
그래, 내 왕국이 사라졌나? 내겐 골칫덩어리였는데,   95
근심거리가 사라진 걸 상실이라고 할 수 있겠나?
볼링브로크가 짐만큼 위세 등등해지려 안간힘인가?
나보다 위세 더할 수는 없지. 그자가 하느님을 섬긴다면,
짐 또한 하느님을 섬기고, 따라서 그와 동료가 되는 거지.
짐의 신하들이 반역을 꾀한다? 그건 짐이 수습할 문제가 아니지.   100
그자들 짐에게뿐 아니라 하느님께도 믿음을 저버리는 거지.
재앙, 파괴, 파멸, 그리고 황폐를 외쳐라—
그래 보았자 최악은 죽음이고, 죽음이 승리를 거두리라.

스크루프
전하께서 재앙의 소식을 견디어내실 만큼
마음의 무장이 그토록 되어 있으시니 기쁩니다.   105
제철 아니게 폭풍우 몰아치는 날,
은빛 거품 이는 강물이 강변에 넘쳐나며,
마치 온 세상이 눈물범벅인 양 만들 때처럼,
볼링브로크의 분노는 그 한계를 넘어 솟구치어,
두려움에 떠는 전하의 강토를 번득이는 병장기와   110
쇠붙이보다 단단한 심장으로 뒤덮고 있나이다.
턱수염 허연 것들 전하를 향해, 야위고 터럭 없는 머리에
투구를 쓰고, 계집의 목소리 못 벗어난 어린것들
허풍스레 떠벌이고, 계집처럼 약한 관절을
무거운 갑주 속에 움직거리며 전하의 왕관을 위협합니다.   115
전하의 기도사들조차, 독기 어린 주목(朱木)으로 된
활시위를 전하의 통치 향해 당기기를 배웁니다.

허고, 물레 젓는 여인들 녹슨 꼬챙이 치켜들고
전하의 자리 가리킵니다. 젊으나 늙으나 반기를 드니,
제가 이루 다 여쭐 수 없을 만큼 사태가 나쁩니다.   120

리처드
듣기에 서글픈 이야기를 그대는 너무도, 너무도 잘하는구나.
월트셔 백작은 어디 있나? 배고트는 어디 있나?
부시는 어찌 되었나? 그린은 어디 있나?
이네들이 이 위험천만한 적으로 하여금
그처럼 쉽사리 짐의 영토에 발 디딜 수 있게 했다고?   125
내 이 어려운 고비 넘기고 나면, 그놈들 목부터 떨어질 터.
볼링브로크와 이미 화친했음이 틀림없지.

스크루프
그네들 참말로 그와 화친하였습니다, 전하.

리처드
아, 악당들, 독사들, 구원의 여지없이 저주받은—
개놈들—아무한테나 꼬리 치도록 쉽게 길들여지는—   130
뱀들—내 심장의 피로 덥혀져선 내 가슴 무는 것들!
세 놈 다 유다 같은—한 놈 한 놈 유다보다 세 곱 나쁜 놈들!
그것들 화친을 할 마음이 들었다? 끔찍한 지옥이여,
이자들의 이 못된 행위로 더럽혀진 영혼을 덮쳐라!

스크루프
제 보기엔, 달디단 사랑이 그 성분이 바뀌어,   135

가장 시고도 가장 끔찍한 증오로 바뀌고 있습니다.
그네들의 영혼에 대한 저주를 거두소서. 그네들은
손 아닌 머리로 화친 맺었나이다. 전하께서 저주하신
그네들은 죽음이 줄 수 있는 최악의 상흔을 입고,
텅 빈 땅 속 무덤에 나지막이 누워 있나이다.   *140*

오멀

부시도, 그린도, 월트셔 백작도, 다 죽었단 말이오?

스크루프

그렇소. 모두 브리스토우에서 참수되었소.

오멀

내 아버님 요크 공께서는 어디에 군대를 이끌고 계시오?

리처드

어디가 무슨 상관이냐? 위로될 말은 하나도 없구나.
무덤과 지렁이와 묘비명 이야기나 하자꾸나.   *145*
흙을 종이 삼아, 눈물 흩뿌리는 눈으로
땅의 가슴에 슬픈 이야기나 적어 보자.
형 집행자들을 선택하고, 유언장 이야기나 하자.
하지만, 그건 아니지 — 폐위당한 나의 몸뚱이밖에
내가 땅에게 남겨줄 게 또 무엇 있단 말인가?   *150*
짐의 국토, 짐의 생명, 그 모두가 다 볼링브로크의 것.
그리고 짐이 짐의 것이라 말할 수 있는 건 죽음뿐 —
또 우리 몸의 뼈다귀들을 덮고 있는 반죽에 불과한

흙으로 빚은 육신의 그 보잘것없는 형상뿐 ―
제발, 내 이르노니, 우리 땅바닥에 주저앉아   *155*
군왕들의 죽음에 얽힌 슬픈 이야기나 하자꾸나.
폐위되기도 하고, 전쟁터에서 죽기도 하고,
왕위 찬탈당한 원혼에 들씌워지기도 하고,
왕비에게 독살당하기도 하고, 잠자다 살해되기도 하고 ―
모두 제 명에 못 죽으니 ― 육신을 가진 군왕의   *160*
이마 관자놀이를 에워싸는 텅 빈 왕관 속에
사신(死神)의 궁궐 자리하고 있지. 거기 삶을 조소하는 자 앉아,
군왕의 위엄 비웃고, 군왕의 위세 하찮게 보느니,
군왕에게 숨 한 번 크게 쉬고 우스운 장면 연출하면서,
임금 노릇 해 보고, 두려움 주고, 눈길로 간담 서늘케 하는   *165*
맛 보게 하여, 자만심과 헛된 망상으로 채우는 것 ―
우리 생명을 에우르는 이 육신이 마치
난공불락의 놋쇠이기라도 한 양 ― 이렇게 길들여진 후,
마침내 죽음은 오고, 작은 바늘 하나로
군왕의 성벽을 뚫느니 ― 그리되면, 왕권이여 안녕!   *170*
내 앞에서 모자 벗을 것 없으니, 공연히 엄숙한 태도로
살과 피로 된 육신 조롱치 마오. 다 집어 던지시오.
존경도, 전통도, 형식도, 의례적인 허식도 ―
그동안 그대들 나를 제대로 알지 못한 때문이오.
나 또한 그대들처럼, 밥 먹고 살고, 필요한 것 있고,   *175*
슬픔 느끼고, 벗도 필요한 사람이니 ― 이런 속박받는
나를 놓고 그대들 어떻게 임금이라 부를 수 있겠소?

칼라일

전하, 현명한 자 주저앉아 신세타령하는 대신,

곧바로 우환을 없앨 방도 찾는 법이올습니다.

적을 두려워함은 ─ 두려움은 힘나는 것 억제하기 때문에 ─   *180*

전하의 유약함 때문에 적에게 힘을 더해 줍니다.

그러하오니, 전하의 실책이 바로 전하의 적이올습니다.

두려워하면 죽는 것이요, 싸움에서는 죽음이 최악이지요.

싸우다 죽는 것은 죽음을 이겨내는 죽음이요,

죽음 두려워함은 죽음에게 비열한 숨결 조공 바치는 겁니다.   *185*

오멀

제 아버님이 군대를 이끌고 계시니, 알아보시고,

별것 아닌 군세 한몫할 수 있을지 시험해 보시지요.

리처드

좋은 질책이오. 오만방자한 볼링브로크, 내가 간다 ─

우리 운명 판가름할 날 위해 네놈과 한판 겨루려.

이 오한처럼 온 두려움은 날아갔다.   *190*

스스로 갖는 두려움 이기는 건 쉬운 노릇 ─

스크루프, 숙부께서는 어디에 진을 치고 계시는가?

얼굴 표정은 어두우나 듣기 좋은 말 들려주오.

스크루프

사람들은 하늘이 어떤 모습을 띠는지 보고

하루의 날씨가 어떠할 것인지 예측하게 됩니다.   *195*

제 침울하고 무거운 눈을 보시고 전하께선 아실 겁니다.

제 입에서 나올 것은 더욱 무거운 소식이란 것을—
결국에는 말씀드려야 할 최악의 소식 뒤로 미루며
조금씩 조금씩 여쭈오니 고문 맡은 자 같사옵니다.
전하의 숙부 요크 공은 볼링브로크와 합류하셨고,   200
북부에 소재하는 성곽들 모두 투항하였으며,
남부에 거처하는 가문 사람들 모두 무장하고
볼링브로크 편으로 갔습니다.

리처드
그만하면 되었소. 〔오멀에게〕 편안히 절망 향해 가려 했는데,
그 길로부터 나를 끌어냈으니, 사촌, 벌 받을 거요.   205
더 할 말 있소? 또 무슨 위안을 내게 주려오?
하늘에 맹세코, 내게 더 무슨 위안을 찾으라
말하는 자 있으면, 나 영원히 그를 증오할 거요.
플린트 성으로 갑시다. 거기서 나 죽을 거요—
비통의 노예인 임금이니, 나 임금이 가질 비통 견디려 하오.   210
내가 거느린 군대는 해산하고, 각자 돌아가
경작할 보람 있어 보이는 땅이나 일구도록 하오.
내게선 아무것도 기대할 게 없으니— 누구도 다시는
입 열어 이 말 번복케 하려 마오. 충언이란 다 헛것이니—

오멀
전하, 한 말씀만.   215

리처드
아첨하는 혀 놀림으로 짐에게

상처 입히는 자, 나를 곱절로 모독하는 것이오.
내 부대를 해산하시오. 모두 여기를 떠나게 하오.
리처드의 밤을 뒤로 하고, 볼링브로크의 밝은 날을 향해 —

모두 퇴장 ⸶

3막 3장

웨일즈 플린트 성 앞
북소리 깃발 볼링브로크, 요크, 노섬벌랜드, 시종들 등장

볼링브로크
그래서 이 정보에 의해 우리가 아는 것은,
웨일즈 군대는 흩어졌고, 솔즈베리는
몇몇 소수의 측근들과 얼마 전
이 해안에 상륙한 임금을 만나러 간 것이오.

노섬벌랜드
썩 마음에 드는 좋은 소식입니다, 각하.   5
리처드 여기서 멀지 않은 곳에 머릴 감춘 겁니다.

요크
노섬벌랜드 각하께서는 "리처드 임금님"이라고
말함이 온당할 것이오. 아, 이 무슨 슬픈 날인가.
성령의 가호 받으실 전하께서 머리를 감추시다니 —

노섬벌랜드
공께서는 오해십니다. 그저 짧게 말하려   10
그분의 호칭을 생략한 겁니다.

요크
예전 같았으면,
전하를 호칭함에 그토록 무엄하게 짧게 줄이려 했다면,
전하께선 그대 키를 그대 머리만큼 줄여 주시려
짧게 한마디 하셨을 터. 칭호를 생략하다니 —

볼링브로크
숙부님, 필요 이상으로 해석하시지는 마세요.   *15*

요크
조카, 필요 이상으로 취하려 하지는 말게나.
그래선 안 되지. 하늘이 굽어보고 계시네.

볼링브로크
숙부님, 잘 압니다. 그리고 하늘의 뜻을 거스르려
하지도 않습니다. 헌데, 여기 오는 게 누군가?

퍼시 등장 ⸸

잘 왔네, 해리. 그래, 이 성(城)은 항복지 않으려 하나?   *20*

퍼시
각하, 성은 각하의 입성을 막기에 충분토록
왕성 부럽잖은 군세입니다.

볼링브로크
왕성 부럽잖다니 —

설마, 성 안에 임금이 있진 않겠지? 10   25

퍼시

있다마다요, 각하. 그 안에 임금이란 자 있습니다.
리처드 임금은 저 석회와 돌 범벅 덩어리 속에 주절대며 있고,
오멀 경, 솔즈베리 경, 스티븐 스크루프 경이 함께 있습니다.
그 밖에 성직자 하나가 있다는데, 누군지는 모르겠습니다.

노섬벌랜드

아, 아마 칼라일 주교일 겁니다.   30

볼링브로크

백작 어른,
그 오래된 성채의 거친 돌 벽으로 가서
놋쇠 나팔 불어, 무너져 내리는 성벽 구멍으로
담판의 입김을 보내, 이렇게 전하시오.
헨리 볼링브로크는   35
두 무릎 꿇고 리처드 전하의 손에 입 맞추고,
지엄하신 전하께 가슴으로부터 우러나온
충정과 성심을 바친다고. 나의 병장기와 군사를

---

10 이 행의 원문은 "Why, it contains no king?"인데, 이는 두 가지로 해석할 수 있
   다: ① "아니, 그 안에 왕이 없다는 거야?"와 ② "설마하니, 그 안에 왕이 있는
   건 아니겠지?"이다. 역자는 나중 것을 취하고 싶다. 왜냐하면 여태껏 군대를 이
   끌고 온 볼링브로크가 목표로 하는 것은, 리처드를 만나 그를 제압하는 데 있
   고, 리처드가 플린트 성에 칩거하는 것을 알고 거기에 온 것이기 때문이다. 리
   처드가 성 안에 있다는 말에 짐짓 놀라는 시늉을 하는 것도 마키아벨리안다운
   제스처다.

처분대로 하시라 전하의 발치에 놓으려 왔으나,
이는 내게 대한 추방령 취하와 영지 회복이   40
순조롭게 허용됨을 전제로 하는 것이며,
그리되지 않으면, 내 이끄는 군사력을 동원하여,
도륙된 영국인들의 상처로부터 흘러나오는 피
소나기처럼 쏟아져 여름의 먼지를 잠재우리니 —
이는 아무리 볼링브로크가 바라는 바 아닐지라도,   45
바로 그처럼 혹독한 피의 폭풍이 불어
리처드 왕의 아름다운 땅 푸른 초원 흥건히 적실 것을
나 충정 어린 뜻으로 무릎 꿇어 보여드릴 것이라고.
가서, 충분히 내 뜻을 전하시오. 그동안 우리는
이 들판을 융단처럼 덮은 풀 위로 행군 계속하겠소.   50
위협적인 북소리일랑 내지 말고 진군합시다.
그래서 성벽 따라 뚫려 있는 사창(射窓)을 통해
우리의 장쾌한 군세 합류를 볼 수 있도록 말이오 —
내 생각기에, 리처드 왕과 내가 만나게 되면,
불과 물이 뒤엉켜 구름으로 뒤덮인 하늘의 뺨을   55
찢어발기는 천둥 번개의 굉음을 내는 것보다
결코 덜하지 않은 공포의 순간이 될 것이오.
그보고 불이 되라 하시오. 나는 유연한 물이 될 테니.
분노는 그의 것이 되고, 나는 그동안 대지(大地)를
물로 적시리니 — 대지 말이요, 그가 아니오.   60
진군을 계속하고 리처드 왕 어떤 모습인지 봅시다.

무대 밖으로부터 담판 제안 나팔소리
무대로부터의 화답 ✝

트럼펫 팡파르 울리고 성벽 위에 리처드, 칼라일, 오멀, 스크루프, 솔즈베리 등장

저기, 저기, 리처드 왕 몸소 나타나는구려.

마치 태양이, 그 영광을 시새움하는 구름장 있어

그를 흐리게 하고, 서쪽으로 향하는 밝은 행로를

얼룩지게 하려는 심사라는 것을 감지하고는,   65

불편한 심기 억제치 못하여 얼굴을 붉히며

동쪽에서 이글거리며 타오르는 대문 위에 솟듯 —

요크

아직도 군왕의 모습이구려. 보시오 — 그의 눈은,

독수리의 눈처럼 번득이며, 주변을 압도하는 군왕의

위엄을 발하고 있소. 아서라, 어쩌다 슬프게도   70

저처럼 숭엄한 모습 얼룩지게 할 위해(危害) 있을 수 있단 말인가!

리처드

〔노섬벌랜드에게〕 짐 경악을 금치 못하노니, 짐 오래 서서

그대가 경의 표하려 무릎 꿇기를 기다렸노라.

짐이 그대에게 적법한 임금이라 생각했기 때문이다.

사실이 그렇다면, 감히 그대의 무릎은 어찌   75

짐의 면전에서 경의 표할 의무를 잊었단 말인가?

짐 그대의 임금 아니라면, 하느님의 권한 대행할

자리로부터 짐을 제명하신 하느님의 친서 보여다오.

왜냐면, 짐 알기로는, 그 어떤 인간의 손도

짐 손에 들린 신성한 왕홀(王笏)을 빼앗을 수 없는 것이니,   80

그 행위는 신성모독, 도적질, 찬탈이기 때문이다.

그리고 설령 그대들 생각기에, 모두가 그대들처럼

짐에게 등을 돌림으로써 그들 영혼을 스스로 상처 냈고,
짐으로부터 모든 벗들이 다 떠난 것처럼 보일지라도,
그럼에도 알거라 — 나의 주인, 전능하신 하느님께서   *85*
구름 속 하늘나라에서 짐을 위하여
치명적 역질을 군병처럼 모으셔서, 이들이
아직 태어나지 않은 그대들 자손을 공략하리니,
이는 그대들 비열한 반역의 손을 내 머리 향해 쳐들고
내 소중한 왕관의 영광을 겁박하기 때문이다.   *90*
볼링브로크에게 말하오 — 저기 그자 서 있는 듯하니 —
내 왕토에 그자가 내 딛는 걸음 하나하나가
위험한 반역행위라고. 그자는 유혈 부르는 전쟁의
응보 명기한 자줏빛 문서 뜯어보려 온 것이오.
허나, 그자가 노리는 왕관이 평화를 누리려면,   *95*
일만 명의 아들들의 피 흘리는 두개골이
영국 땅에 슬프게 피어나는 꽃이 될 것이며,
영국의 소녀처럼 깨끗한 평화의 안색을
시뻘건 분노로 바꾸고, 영국 초원의 풀을
착하디착한 영국인의 피로 붉게 물들이리라.   *100*

노섬벌랜드
하늘나라의 왕께서는 우리의 주군이신 전하가
민란에 휘말린 무도한 군대의 핍박을 받는 것을
허용치 않으리오! 전하의 고매한 사촌,
해리 볼링브로크는 전하의 손에 겸허히 입 맞추오이다.
그리고 왕통 물려주신 전하의 할아버님   *105*
유해 위에 자리한 그 영예로운 무덤에 걸어 —

그리고 그토록 숭앙받는 한 분을 근원으로 하는
핏줄의 갈래, 두 가문의 혈통에 걸어 ─
그리고 무운(武運) 깃들던 돌아가신 곤트의 손에 걸어 ─
그리고 모든 맹세와 언약을 지킬 수밖에 없는   *110*
그 자신의 인격과 명예에 걸어 ─ 맹세합니다.
그가 여기 온 것은 그가 선대로부터 물려받은
왕손의 권리를 되찾기 위함일 뿐 ─ 그리고
추방령의 즉각적 취하를 간원키 위함일 뿐.
전하께서 이를 윤허만 하신다면,   *115*
번득이는 병장기 녹슬도록 할 것이며,
갑주 씌운 병마들 마구간으로 보내고,
그 자신은 전하께 충복이 될 것입니다.
왕손으로, 정의의 사나이로, 이를 맹세합니다.
저 또한 명문 출신으로서 이를 보증합니다.   *120*

리처드

노섬벌랜드, 임금의 대답은 이렇다고 전하오.
고매한 사촌이 여기 온 것을 환영하고,
그의 정당한 요구는 하나도 빠짐없이,
아무 반론을 제기치 않고 수용할 것이다.
그대가 구사할 수 있는 정중한 언변을 다하여   *125*
다정한 안부 인사를 그에게 전해 주시오.
〔오멀에게〕 사촌, 내가 좀 비굴한 것 아닌가?
이렇게 초라하게 보이고, 듣기 좋게 말하니 ─
노섬벌랜드를 다시 불러, 그 반역자에게
도전장을 보낼까? 죽기를 각오하고?   *130*

오멀
아닙니다, 전하. 시간이 흘러 우리 편이 많아져서,
우리 무력이 보강될 때까지는, 언변으로 대적하세요.

리처드
아, 하느님, 맙소사. 어쩌다가 나의 이 혀가―
저기 서 있는 오만한 자에게 무서운 추방령을
내렸던 내 혀가, 그자를 달래는 부드러운 말로   135
그 영을 거둔단 말인가! 아, 내 슬픔만큼이나 큰 힘을
내가 가졌던들, 아니면 차라리 왕이 아니었던들!
아니면 내가 누구인지를 잊을 수 있다면!
아니면 내 어떻게 될 것인지 차라리 모른다면!
오만한 가슴아, 너 부푸느냐? 네가 뛰는 걸 내 허락하마.   140
적들이 너와 나를 때리는 걸 허락한 마당에 대수랴.

오멀
노섬벌랜드가 볼링브로크 대답 가지고 옵니다.

리처드
임금은 이제 어떻게 해야 하나? 굴복해야 하나?
임금이 굴복해야 한다. 폐위되어야 하는가?
임금이 입 다물고 있어야 한다. 임금이라는 호칭을   145
잃어야 하나? 하느님의 이름으로, 그리되라지.
보석들 내놓고 묵주 한 다발 얻으리.
으리으리한 궁궐 대신에 오두막 한 채,
화려한 의상 대신에 시주받는 자 걸치는 옷,

문양 새긴 술잔 대신에 나무 접시 하나,   150
왕홀(王笏) 대신에 순례자의 지팡이,
신하들 대신에 성인(聖人) 목각 한 쌍,
그리고 내 크나큰 왕국 대신에 작은 무덤 하나 ─
작디작고 눈에도 띄지 않는 무덤 하나 ─
아니면 임금도 다닐 큰길에 묻히리 ─   155
누구든 다니는 길 ─ 거기선 신민들의 발길이
시간마다 그네들 주군의 머리를 찧어 밟으리니 ─
나 지금 살아 있는 동안에도 내 가슴을 딛으니,
한번 묻힌 다음에야 내 머리 밟은들 어떠리.
오멀, 자네 우는구먼 ─ (심정 고운 내 사촌!)   160
멸시받을 눈물 흘려 몹쓸 기후 만드세나.
우리가 내쉬는 한숨과 어울려 여름 밀을 쓰러뜨려,
반란 횡행하는 이 땅에 기근이나 들게 말이야.
아니면 우리의 슬픔을 오히려 희롱하며
흩뿌리는 눈물로 재미스런 장난이나 해볼거나?   165
이를테면 눈물을 계속 한군데만 떨어뜨려,
마침내 눈물이 우릴 위해 두 구덩이를
땅에 파내어, 거기 우리를 눕히게 말야. 거기
눈물 흘려 무덤을 파낸 두 친족이 누워 있다!
이런 슬픔이 어울리지 않겠어? 이런, 이런, 내가   170
쓸데없는 소리만 하는구먼 ─ 자네 날 비웃을 테지.
막강하신 영주님, 노섬벌랜드 각하!
볼링브로크 전하께서 무어라 하십니까? 전하께서는
리처드 죽을 때까지 리처드 살도록 윤허하실 건가요?
무릎 꺾으시는 걸 보니, 볼링브로크 대답은 "그렇소"구려.   175

노섬벌랜드
전하, 공작께서는 성 아랫바닥에서 전하와 대면하려
기다리고 있습니다. 아래로 내려오시겠습니까?

리처드
아래로, 그래, 아래로 내려간다. 번쩍이는 파에톤이
걷잡을 수 없는 말들 어거(馭車)치 못했을 때처럼.11
"아랫바닥에서"? 바닥까지 타락한 궁궐에서 임금은   *180*
바닥을 기며, 역적들 부르면 내려가서 기쁘게 해야지!
"아랫바닥에서"? "아래로 내려와"? 궁전도 아래로, 왕도 아래로!
종달새 날아오르며 노래할 때, 밤 올빼미 외지를밖에.

성벽 위로부터 모두 퇴장 †

볼링브로크
전하께서 무어라시던가?

노섬벌랜드
슬픔과 비탄 뒤섞여 정신 잃은 사람처럼   *185*
주절대기만 합니다. 하지만, 여기 오는군요.

---

11 파에톤(Paeton)은 태양신 아폴로의 아들인데, 아버지의 태양 마차를 끄는 말들
을 제어할 힘이 부쳐 그가 몰던 태양 마차가 지면에 너무 가까워졌다. 온 땅이
불바다가 되는 것을 막기 위해 제우스는 벼락을 때려 그를 죽게 하였다. 태양
은 리처드 가문의 휘장이기도 하므로, 이 직유는 리처드의 말에 의미를 더해
준다.

리처드 왕과 시종들 무대 아래쪽에서 등장 ✝

볼링브로크
모두 물러서시오.
그리고 전하께 경의를 표하오. 〔**무릎 꿇는다**〕
전하.

리처드
여보, 사촌, 군왕다운 그대 무릎을 욕되게 마오.   190
그대 무릎 닿게 하면 오욕의 땅 교만해지리다.
내 차라리 그대의 정이 내 가슴에 전해왔으면.
내 즐겁지 않은 눈으로 그대 예절 바름 보기보다는 —
일어나오, 사촌, 일어나오. 그대 야심 일어남을 내 알거늘.
그대 무릎 낮추었으나 그대 야심은 이만큼 높은 것을 —12   195

볼링브로크
전하, 저는 저의 것 찾으러 왔을 뿐입니다.

리처드
그대 것은 그대 것 — 나 또한, 그리고 다, 그대 것 —

볼링브로크
경외하옵는 전하, 변함없는 충정으로 소신 전하의 마음을

---

12 "이만큼"이란 말을 할 때, 리처드는 손을 자기 머리에 — 즉 머리에 쓰고 있는
　　왕관에 — 가져간다.

기쁘게 하여 드릴 수 있도록, 제 몫을 갖도록만 해 주소서.

리처드
그렇다마다. 어떻게 하면 제일 확실하고 틀림없이   *200*
얻을 수 있는지 아는 자가 가질 자격이 있는 것이지.
숙부님, 제 손을 잡아 주세요. 아니, 눈물일랑 닦으세요.
눈물은 사랑의 표징이긴 하나, 치유의 방도는 아니니까요.
사촌, 그대 나이 나를 이어 왕위 오를 만큼 되었으나,
그대의 아버지 되기에는 나 아직 너무 젊소.   *205*
그대가 갖고자 하는 것, 주려 하오. 그리고 기꺼이 —
짐이 거역할 수 없는 힘 앞에서, 그를 따를 수밖에 —
런던으로 향해야지, 사촌, 그렇지?

볼링브로크
그렇습니다, 전하.

리처드
그러면, 그렇게 해야지.   *210*

나팔소리, 모두 퇴장 ✝

3막 4장

요크 공작의 정원
왕비와 두 시녀 등장

왕비
마음 무겁게 하는 불안을 떨쳐 버리려면
무슨 여흥을 이 정원에서 할 수 있을까?

시녀
왕비 전하, 공굴리기나 하시지요.

왕비
그건 세상이 어려운 고비로 가득 찬 것을, 그리고
내가 가는 길에 장애물 많은 것을 생각게 할 텐데.   5

시녀
그러면 춤을 추시지요.

왕비
불쌍한 내 가슴은 슬픔으로만 너울대는데,
내 다리가 어떻게 즐거운 율동으로 너울대겠어?
그러니 춤은 그만두고, 이것아, 무슨 다른 놀이 없을까?

시녀
이야기나 하시지요.   *10*

왕비
슬픈? 아니면 즐거운?

시녀
아무 쪽이나요.

왕비
아무 쪽도 안돼, 이것아. 왜냐면, 즐거운 이야긴 ─
내가 즐겁지 않으니까 ─ 슬픈 내 처지를 더욱 상기시켜 줄 테고,
슬픈 이야긴 ─ 이미 슬픔에 젖어 있으니까 ─   *15*
내 슬픔에다 더 많은 슬픔을 보태줄 것 아니야?
내가 벌써 갖고 있는 것 되풀이할 것 없고,
내게 없는 것 투정해 보아도 소용없는걸.

시녀
제가 노래를 할게요.

왕비
네가 노래할 기분인 건 좋지만,   *20*
차라리 울어 주면 그게 내 기분엔 더 맞을걸.

시녀
왕비님, 그쪽이 마음에 드신다면, 울어 드릴게요.

왕비

울음이 내 맘 가벼워지게 할 수만 있다면, 난 좋아서 노랠 하겠다.

그러면 너보고 날 위해 울어 달라고 안 해도 되지.

정원사와 두 명의 하인들 등장 ⚔

그런데, 잠깐, 정원사들이 오는구나.   25

여기 나무들 있는 데로 들어가 있자.

내 액운을 하찮은 공굴리기에나 걸어 볼까?

저것들 세상 돌아가는 얘기 할 거야 — 세상 바뀌기 전엔,

다 그런 얘길 하거든 — 내 불안감, 다 이유가 있을 거야.

정원사

자, 갓 맺어 달랑거리는 살구들 묶어 놓아라.   30

제멋대로 자라서, 날뛰는 자식놈들처럼

애비를 그 무게로 축 늘어지게 하는 것들이거든 —

굽은 가지들에 버팀목 좀 대어 놓아라.

너 가서, 형 집행하는 자처럼,

너무 빨리 자라는 가지들 목 잘라 버려라.   35

함께 어우러져야 할 데서 너무 자란 것들 말이야.

이곳 다스리는 데 있어선, 모두가 평등해야 돼.

너희들 그 일 하는 동안, 나는 가서,

멀쩡한 꽃들 못 자라게 토양의 자양분

일 없이 빨아먹는 성가신 잡초들이나 뽑겠다.   40

하인
울타리 쳐 놓은 둘레 안에서 무엇 때문에
법칙과 형식과 균형 잡힌 비율을 지켜,
우리 정원이 모범이 되도록 가꿔야 합니까?
바다로 둘러싸인 우리 정원, 온 국토가
잡초로 무성하고, 예쁜 꽃들은 말라 죽고,   45
과일 나무들 전지(剪枝)도 않고, 생울타리 망가졌고,
꽃밭들은 뒤죽박죽되었고, 몸에 좋은 약초들은
애벌레로 들끓는데 말씀예요 —

정원사
입 다물거라.
이처럼 봄철 망가지도록 내버려 둔 장본인이   50
지금은 자신이 잎새 떨구는 처지 맞게 되었구나.
넓게 퍼지는 그의 이파리들을 가리던 잡초들 —
사실은 그를 먹어 치우면서도 그를 지탱해 주는 것 같던
그 잡초들을, 볼링브로크가 뿌리째 뽑아 버렸다.
윌트셔 백작, 부시, 그린 말이다.   55

하인
그러면, 죽었단 말씀입니까?

정원사
그렇지. 허고, 볼링브로크가
그 방탕한 임금 신병을 확보했네. 아, 참으로 유감천만이야.
우리가 이 정원을 가꾸듯, 그분이 자기가 다스리는 땅에서

가지를 쳐내고 솎아내지 않은 것이 ─ 우리는 철 맞추어   60
과일 나무 몸통 덮는 껍질에 생채기를 내지.
안 그러면, 뻗치는 수액(樹液)과 혈즙(血汁)에 겨워
영양 과다로 스스로 몸을 망치게 되니까 ─
세력 커져 승승장구하는 자들에게 그리했다면,
그자들 살아남아 충성의 열매 맺었을 테고, 전하도   65
그 맛을 보셨으련만. 군더더기 가지들을 우리는
잘라 버리지 ─ 열매 맺는 가지들이 살아남도록 말야.
그리만 하셨더라면, 전하께선 왕관을 지키셨을 터.
한데, 허랑방탕 시간을 보내시어 그걸 잃게 되셨으니.

하인
하면, 임금님께서 폐위되시는 건가요?   70

정원사
벌써 왕권은 실추되었고, 아무래도
폐위되실 것 같아. 간밤에 그 사람 좋으신
요크 공작님의 친구 한 분에게로 서신이 왔는데,
좋지 않은 소문을 담고 있는 거야.

왕비
아, 아무 말 못하고 있자니 눌려서 죽는 것 같아.   75
너, 아담처럼 이 정원 가꾸라는 명받은 늙은이, 네 어찌
감히 거칠고 험한 혓바닥 놀려 이 못된 소식 뇌까리는 거야?
어떤 이브 년이, 어느 뱀이, 네놈에게
저주받은 인간 두 번째 추락 일으키라 일러 주더냐?

리처드 왕께서 폐위된다고 너 왜 지껄이는 거야?   *80*
흙보다 나을 것 없는 네놈이, 네놈이 감히
그분의 몰락을 예언해? 말해 봐—어디서, 언제, 어떻게
네놈이 이 못된 소식 주워들었는지. 말을 해, 이 못된 놈.

정원사
용서해 주십쇼, 왕비 전하. 이 소식 전하는 이놈
하나도 즐겁지 않습니다. 하지만, 제 말 사실입니다.   *85*
리처드 임금님께서는 볼링브로크의 막강한
손아귀에 계십니다. 두 분의 운명이 저울에 올려졌습죠.
왕비 전하의 부군 쪽 저울 접시엔 그분 혼자이시고,
그밖엔 그분에게 보탬 안되는 몇 날라리들뿐—
위세 등등한 볼링브로크 쪽을 볼라치면,   *90*
당사자 말고도, 온 영국의 내로라하는 사람들이요—
그 기세로, 볼링브로크 리처드 임금님을 압도합니다요.
런던으로 서둘러 가시면 그걸 확인하실 겁니다.
제가 여쭙는 건 모두 다 아는 사실인 걸인뎁쇼.

왕비
발걸음 가볍고 날렵하게 번져가는 액운아,   *95*
네 소식 종국에 다다라야 할 데는 내가 아니더냐?
한데, 내가 제일 늦게 알게 돼? 아, 너 생각기에
내게 맨 나중 도착해서 네가 전한 슬픔을 내 가슴 속에
가장 오래 간직도록 하려는 것. 자, 애들아,
런던으로 가서 슬픔에 잠긴 런던의 군왕 만나자꾸나.   *100*
아니, 내 슬픈 꼬락서니가 위세 높은 볼링브로크의

기고만장한 모습 돋보이게 하라고, 나 태어났던가?
정원사 영감, 내게 이 슬픈 소식 알려준 죄로,
그대가 접목(接木)하는 나무들 자라지 않길 비오.

왕비와 시녀들 퇴장 ✝

정원사
불쌍한 왕비님, 왕비님 처지 더 나빠지지 않는다면야,   *105*
내 기술 왕비님 저주 앞에 맥 못 추게 된들 대수겠소?
여기에 눈물 떨구셨지. 바로 여기에다
연민초(憐憫草), 쓰디쓴 회한초(悔恨草), 한 줄 심어야지.
동정의 마음 머금은 연민초 여기서 곧 자랄 거야 —
슬픔에 눈물짓는 한 왕비를 기억하라고 말이야.   *110*

모두 퇴장 ✝

4막 1장

웨스트민스터 홀

의회 참석을 위해 볼링브로크, 오멀, 노섬벌랜드, 퍼시, 피츠워터, 서레이, 칼라일 주교, 웨스트민스터 사원장, 귀족 한 사람, 전령, 관리들, 그리고 배고트 등장

볼링브로크

배고트를 호출하오.
자, 배고트, 네 생각 거리낌 없이 진술하라.
고매한 글로스터 경 죽음에 대해 네가 아는 바를—13
누가 그 일을 왕과 공모하였고, 누가 그분께서
비명에 가시게 한 그 끔찍한 일을 저질렀는지도.   5

배고트

그러면 내 면전에 오멀 경을 데려오시오.

볼링브로크

사촌, 앞으로 나와 저자와 대면하오.

배고트

오멀 경, 그대의 두려움 모르는 혀, 그대가 일찍이

---

13 글로스터 공작 토머스 우드스톡은 리처드의 숙부인데, 리처드의 명을 받은 기사들에 의해 프랑스 칼레에서 살해되었다. 1막 1장 100행 참조.

내뱉은 말 부인함을 용인치 않으리라는 걸 내 아오.
글로스터 살해 음모가 진행되던 그 참담한 시간,   *10*
그대 말하잖았소? "평화로운 영국의 궁정에서 시작해
칼리스14까지 미칠 수 있는 내 팔의 길이가
내 숙부의 머리에 미치지 못할 것 같소?"라고 —
그때 한 많은 다른 말 중에,
십만 냥의 금화 받기를 거절하는 한 있더라도,   *15*
볼링브로크가 영국 땅에 돌아오는 건
보지 않겠노라 그대 말하는 걸 나 들었소.
덧붙여 말하길, 이 그대의 사촌 죽으면,
이 나라에 얼마나 큰 축복일 것인지 —15

오멀
여러분, 이 비열한 자에게 무어라 답해야겠습니까?   *20*
이자를 응징하려 공명정대한 대결을 함으로써
내 영예로운 출생을 욕되게 하여야겠습니까?
그렇게 하든가, 아니면 이자의 중상 쏟아놓는
입에서 나온 비방으로 내 명예 더럽혀져야 합니다.
내 도전의 표징 집거라. 너를 지옥으로 확실히 보낼,   *25*
죽음의 수인(手印)이 그것이다. 너 거짓말하고 있다.
그리고 네가 한 말 거짓임을, 네놈의 염통에서 흘러
나오는 피로 증명하련다. 비록 네 더러운 피가

---

14 'Callice'는 프랑스에서는 'Calais'라고 표기하는 지명.
15 글로스터가 살해된 것은 볼링브로크가 추방되기 훨씬 전이었으므로, 이 말을 하
    는 배고트는 시간적으로 혼동을 하고 있거나, 아니면, 볼링브로크 앞에서 오멀
    의 죄를 더욱 큰 것으로 만들기 위해 두 번째 사실을 언급한 것일 수도 있다.

내 기사다운 검의 기운을 얼룩지게 할 것이다만—

볼링브로크
배고트, 잠깐 기다려라. 집지 말어라.   30

오멀
나를 이처럼 격하게 만든 자가, 단 한 분만 빼놓고,
이 자리에서 가장 훌륭한 기사이었으면 좋았겠소.

피츠워터
동일한 신분의 적수에게만 네 용맹을 보일 수 있다면,
네 도전 받아들이는 내 도전 징표 에 있다, 오멀.
네가 어디 서 있는지 환하게 보여주는 저 태양에 걸어,   35
글로스터 그분을 죽인 장본인이 바로 너였다고
네 입으로 떠벌이는 것 내 분명히 들었다.
네가 스무 번 이걸 부인해도, 그건 거짓말이다.
그리고 내 검 끝으로 너의 거짓됨을,
그것이 만들어진 네 염통으로 도로 보내주마.   40

오멀
비겁자, 그런 날이 올 때까지 넌 살 수가 없어.

피츠워터
내 영혼에 걸어, 그때가 바로 지금이길 바란다.

오멀
피츠워터, 이 사단 때문에 넌 지옥행이다.

퍼시
오멀, 너야말로 거짓말하는 거다. 피츠워터의 증언은
너의 불의(不義)만큼이나 그의 명예를 확실히 보여준다.   *45*
그리고 너의 불의를 입증키 위해, 나 또한 결투 신청의
장갑을 던진다. 이는 살아서 숨 쉬는 마지막 순간까지
너를 상대로 증명하려 함이다. 용기 있거든 집어라.

오멀
내 그리 않는다면, 내 손목 썩어 버리고,
앞으로는 내 적의 번득이는 투구 위로   *50*
복수의 검을 휘두르지 못하리라.

또 한 명의 귀족
나도 결투 신청 장갑 던지겠다, 거짓투성이 오멀.
그리고 일출(日出)에서 일몰(日沒)까지 결투 지속되는 동안,
네 간특한 귀 먹먹해지도록 큰 소리로 네 거짓됨을 외쳐
네게 박차를 가하리라. 거기 내 명예를 건 징표가 있다.   *55*
한판 결투로 심판받을 용기 있거든, 그걸 집어라.

오멀
또 누가 도전할 건가? 좋다. 모두 상대해 주마.
내 가슴 하나뿐이지만, 그 안에 너희 같은 것들
이만 명이라도 상대할 기개(氣槪) 일천(一千)은 들어 있다.

서레이
피츠워터 경, 오멀과 그대가 이야기 나누던   *60*

바로 그때를 나 잘 기억하고 있소.

피츠워터
바로 그렇소. 당신 그 자리에 있었고, 그러니
나와 함께 이것이 사실임을 증언하실 수 있겠소.

서레이
하늘에 걸어 말하지만, 하늘이 참이듯, 그건 거짓이오.

피츠워터
서레이, 거짓말 마라.   65

서레이
비열한 자 같으니라구. 네 거짓말이야말로
내 검에 무겁게 실려, 거짓말 밥 먹듯 하는 너와
네 그 거짓말이 네 아비의 해골처럼 땅 속에 조용히
묻힐 때까지 복수와 응징의 서릿발을 내리리라.
그걸 증명키 위해, 내 명예를 건 징표 예 있다.   70
한판 결투로 심판 받을 용기 있거든, 그걸 집어라.

피츠워터
어리석게도, 달리는 말에 박차를 가하는구나.
먹고, 마시고, 숨쉬고, 사는 것처럼 예사롭게,
나 서레이를 황야에서 만나, 그자는
거짓말하고, 또 거짓말하고, 또 거짓말하는 자라고   75
외치며 그자에게 침 뱉으련다. 너를 가차 없이

처단할 것을 맹세하는 내 언질의 징표 예 있다.
새로운 세상에서 나 번듯하게 살아 보려 하는 만큼,
오멀은 내가 정식으로 제기한 죄목을 피할 수 없다.
덧붙여 말하건대, 오멀, 당신이, 글로스터 공작을   80
칼리스에서 참살토록 당신 사람 둘을 보냈다는
사실을, 추방당한 노포크로부터 들은 바 있소.

오멀
정직한 기독교인 한 사람 날 믿고 내 편 되어 주오.
노포크가 거짓말했다고 ― 노포크 추방에서 풀려나
명예 되찾으려 한다면, 여기 내 도전의 징표 던지오.   85

볼링브로크
상충하는 주장들 노포크가 추방에서 풀려날 때까지는
피차 결투를 신청한 상태로 놓아둡시다.
노포크는 귀가할 거요. 그리고, 내겐 적이지만,
토지며 여타 소유권을 되찾게 될 거요. 노포크 돌아오면,
오멀 상대로 심판에 임하도록 하겠소.   90

칼라일
그런 영예로운 날은 오지 않을 거요.
추방당한 노포크 예수 크리스트를 위해,
크리스트의 십자 깃발 나부끼며,
검은 이교도들, 투르크인들, 그리고 사라센들과
영광스런 크리스트 전장에서 수없이 싸웠소.   95
그리고는, 전쟁에 지친 몸 이끌고, 이탈리아에

은거하였소. 그리고는 그곳 베니스에서
그 상쾌한 나라의 흙에는 그의 육신을, 그의 주인이신
크리스트께는 그의 순결한 영혼을, 각기 맡기었소.
주님의 깃발 아래 그토록 오래 싸운 후 말이오.   *100*

볼링브로크
주교님, 그럼 노포크는 고인이 된 겁니까?

칼라일
내가 살아 있는 게 사실이듯 — 그러하오이다.

볼링브로크
그 착한 영혼이 우리 조상 아브라함의 품에 안김에
가없는 평온이 깃들기를! 결투를 자청한 몇 분들,
그대들의 옳고 그름은 미결로 남겨둘 것이오.   *105*
그대들 심판의 날이 언제인가 정해질 때까지 —

요크 등장 †

요크
우러러 마지않는 랭커스터 공, 나는 지금
풀 죽은 리처드로부터 오는 길인데,
리처드 기꺼이 그대에게 왕위 물려주고,
그대 손에 왕홀 넘겨주기로 하였소.   *110*
리처드가 하야(下野)하니 그의 왕좌에 오르오.
헨리 4세 임금이여, 천세 만세 누리시오.

볼링브로크
하느님의 이름으로, 나 왕위에 오를 것이오.

칼라일
결단코 아니 되오!
왕친(王親)들 함께한 이 자리에서 제일 보잘것없는 나이지만,   115
성직에 몸담고 있기에, 진실 말할 책무는 제일 큰 것 같소.
고귀한 분들 모인 이 자리에, 고매한 리처드를
옳게 심판할 자격 갖춘 어느 고매한 분 있도록
하느님께서 허하셨다면, 진정한 고결함은 결코
그토록 고약한 과오를 범하는 것 허용치 않을 거요.   120
그 어떤 신하가 그의 주군을 심판할 수 있단 말이오?
그리고 이 자리에 리처드의 신하 아닌 자 있소?
도적들도 그네들 범죄 행각이 아무리 분명해도,
청문을 위해 임석지 않고는 재판받지 않거늘,
하물며 하느님의 권위의 표상(表像)이시며,   125
하느님의 주장(主將), 종복(從僕), 선택된 대리인,
도유(塗油) 받고, 대관(戴冠) 의식 거쳐, 여러 해 보위(寶位) 지킨
그분을, 신하된 입장에서 열등한 입김으로, 그분 이 자리에
계시지도 않은데, 심판할 수 있단 말이오? 아, 하느님, 맙소사,
크리스트의 가르침 받은 풍토에서, 교화된 자들이   130
그처럼 끔찍하고, 참담하고, 저열한 행위를 범하다니!
나 신하들에게 말하고 있고, 신하로서 말하고 있소.
내 주군 위해 이처럼 담대하라는 하느님의 명대로—
그대들이 임금이라 부르는, 여기 있는 허포드 경은
교만한 허포드의 주군에게 흉측한 대역 죄인이오.   135

만약에 그대들 이 사람에게 왕관을 씌운다면,
나는 예언하오 ─ 영국인의 피가 이 땅을 흥건히 적시고,
앞으로 다가올 세월은 이 못된 행위로 인해 신음할 것이며,
평화는 투르크인, 이교도들과나 어울리려 떠나가고,
이 평화의 온상에는, 친족끼리, 그리고 동족끼리   *140*
살상하는, 어지러운 전쟁이 판을 칠 것이오.
무질서, 경악, 공포, 그리고 폭동이
이 나라에 자리 잡고, 이 땅을 일컬어
골고다 언덕, 죽은 자들 해골더미라 하리오.
아, 그대들 이 집안을 꺾고 저 집안을 세우면,   *145*
이 저주 받은 땅에 일찍이 닥친 어느 때보다
더 참담한 분란을 불러오는 것 될 것이오.
막으시오, 거스르시오, 용인치 마시오.
그대들 후손의 후손들 원망 안 들으려거든 ─

노섬벌랜드
당신 한 말 잘 들었다, 주교. 그 노고에 대한 보답으로,   *150*
당신을 대역죄로 이 자리에서 체포한다.
웨스트민스터 사원장, 책임지고 이자의 재판 날까지
엄중한 신병 확보를 부탁하오.
자, 경들, 이제 하원(下院)의 소원(訴願)을 허할까요? 16

---

16 1399년 10월에 리처드를 재판에 회부한다는 결의가 있었고, 이를 논박하는 칼라
    일의 연설은 리처드가 양위를 하고 나서 한 달 후에 있었던 것으로 알려져 있다.

볼링브로크

리처드를 데려오오. 모두가 보는 앞에서　　　　　　　　　*155*

왕위 이양을 하도록 — 그래야 의심을 낳지 않고

진행시킬 수 있으니.

요크

내가 모셔 오겠소.

퇴장 ⸸

볼링브로크

경들, 지금 이 자리에서 체포된 그대들 —

재판받을 날에 대비해 증거들을 확보해 두시오.　　　　*160*

그대들이 내게 베푼 호의 있어 나 감사할 일 없고,

그대들의 조력을 기대하지도 않았었소.

요크 재등장

그 뒤로 리처드와, 왕권의 표상들 들고 시종들 등장 ⸸

리처드

아, 어찌해서 나를 왕 앞에 데려온 것이냐?

내가 다스릴 때 가졌던 내가 군주라는 상념을

나 아직 떨쳐 버리기도 전에 — 나 아직 환심 사고,　　*165*

아첨하고, 절하고, 무릎 굽히는 걸 채 배우지 못했는데 —

나 이런 굴종에 익숙도록 슬픔이 가르쳐 줄 때까지

잠깐 기다려 주게나. 나 아직 잘 기억하네 —

이들 아첨하던 얼굴들을. 다 내 신하들 아니었던가?
한때 이들이 "전하 만세" 하며 외치지 않았던가?   *170*
유다가 크리스트에게 그랬었지. 허나 열두 명 제자들
하나 빼곤 다 진실했지. 난, 만 이천 명 중, 하나도 없구나.
전하 만세! 아무도 "아멘" 하고 화답 안 해?
내가 사제 노릇 집사 노릇 다 해야 돼? 그럼, "아멘."
전하 만세! 난 이미 전하가 아니지만 말야.   *175*
그렇지만, 아멘 ─ 하늘이 나를 왕으로 보신다면 말야.
무슨 노릇 하라고 날 여기 데려온 것인가?

요크
국사(國事)에 지친 그대 자신이 스스로 원해서 내린
결정을 실제 행동으로 이행하기 위함이오 ─
그대의 통치권과 왕관을 헨리 볼링브로크에게   *180*
이양하는 것 말이외다.

리처드
내게 왕관을 건네라. 자, 사촌, 왕관을 받게나.
자, 사촌, 이쪽엔 내 손, 그리고 그쪽엔 자네 손.
이제 이 황금 왕관은 깊은 우물과 같아서,
물통 둘을 번갈아 채우며 들락거리게 하지 ─   *185*
빈 통은 허공에서 흔들흔들 춤추고,
다른 통은 물이 꽉 차 내려가 안 보이지.
눈물로 채워져 내려간 통은 나인데,
슬픔 마시는 중이고, 자넨 높이 오르는 중이야.

볼링브로크
왕위에서 물러날 의향 있는 줄 알았는데.   *190*

리처드
내 왕관은 내어 놓겠지만, 내 슬픔은 언제나 내 것이야.
내 영광과 내 통치권은 자네가 탈취할 수 있겠으나,
내 슬픔은 안 되지 — 나 언제나 슬픔 거느리는 제왕이니까.

볼링브로크
그대 고뇌의 일부를 그대의 왕관과 함께 내게 주는 거요.

리처드:
자네가 나라 일 고뇌를 떠맡는다고 내 고뇌 덜지는 못해.   *195*
내 고뇌는 고뇌를 빼앗긴 것 — 해묵은 고뇌를 끝마쳤으니까.
자네의 고뇌는 고뇌를 얻은 것 — 새로운 고뇌를 획득했으니까.
내가 건네주는 고뇌는, 주어 버려도 내 것으로 남게 되는 것이,
그 고뇌가 왕관을 따라 가지만, 여전히 언제나 나와 함께한다네.

볼링브로크
왕관을 내어놓을 참이기나 한 거요?   *200*

리처드
그래, 아니 — 아니, 그래! 내 의향은 있을 수 없으니까.
그러니까 "아니"는 아니야 — 내가 자네에게 물려주니까.
자, 내가 어떻게 스스로 왕 아니게 만드는지 잘 보게.
이 무거운 것을 내 머리에서 벗어서 주고,

이 거추장스런 왕홀을 내 손에서 떨어내고,   *205*
군왕의 위세를 내 가슴으로부터 몰아낸다.
나 자신의 눈물로 내 몸에 바른 성유(聖油) 씻어내고,
나 자신의 손으로 내 왕관을 내어주고,
나 자신의 혀로 내 성스런 지위를 부정하고,
나 자신의 입김으로 모든 의무의 선서를 해지한다.   *210*
모든 영화(榮華)와 위엄을 버리기로 맹세하며,
내 장원(莊園)과 임대지와 세수(稅收)를 포기하며,
내가 선포한 포고문과 법령과 법규를 무효화한다.
내게 한 충성 맹세 깨뜨린 것 하느님께서 용서하시기를!
하느님께 드린 맹세 저들이 깨뜨리지 않도록 하여 주시기를!   *215*
아무것 없는 나, 아무것으로도 슬프게 하지 말고,
모든 것 성취한 그대, 모든 것에 기꺼워하길 비네.
리처드의 왕좌에 앉아 그대는 만수무강할 것이요,
리처드는 얼마지 않아 흙구덩이에 누울 걸세.
폐위된 리처드 말하네: "헨리 왕께 하느님의 가호 있기를 ―   *220*
그리고 햇살 밝은 나날들 여러 해 지속되기를!"
또 남은 일이 무언가?

노섬벌랜드
다 되었소. 다만, 여기 적힌 공소 사실과,
개탄해 마지않을 죄상들 ― 당신 자신과 당신의 추종자들이
국가와 국익에 반하여 저지른 죄목을 읽어야 하오.   *225*
이 죄상들을 자백함으로써 당신이 폐위된 것이
정당한 일이라고 사람들이 생각할 테니 말이오.

리처드
꼭 그래야만 하나? 내가 짜 놓은 우행(愚行)의 천을
내 스스로 올올이 풀어 헤쳐야 하는가?
여보게, 노섬벌랜드,   *230*
만약 자네의 죄목이 문서화되었다면,
이처럼 훌륭한 사람들 모인 자리에서 그것을 낭독할라치면,
자네에겐 치욕 아니겠는가? 자네에게 그런 일 닥친다면,
자넨 거기에서 천인공노할 죄목 하나를 볼 터인즉,
임금을 폐위시키고, 군신간의 맹약을 깨뜨린 것 —   *235*
흑점(黑點)으로 표시되고, 천상(天上)의 서(書)에서 저주받을 짓.
아니야, 내 참담한 처지가 나를 괴롭히는 동안
우두커니 서서 나를 쳐다보는 너희들 모두 —
너희들 중 몇은 겉으로는 연민의 정을 보이면서,
필라토처럼 죄 벗어나려 하지만 — 필라토 같은 네놈들,   *240*
이 자리에서 나를 혹독한 십자형틀로 보냈고,
네놈들의 죄는 물로는 씻어지지 않을 것이다.

노섬벌랜드
제발, 어서 이 항목들을 읽으시오.

리처드
내 눈에 눈물 그득해, 읽을 수가 없구나.
그럼에도 소금물에 내 눈 아무리 흐릿하여도   *245*
여기 한 무리의 역도들을 볼 수는 있구나.
아니야, 내 눈을 나 자신에게 돌리어 보면,
나 또한 저자들과 마찬가지로 반역자인 걸.

왜냐면 임금의 존귀한 옥체 위에 놓였던 치장을
떼어도 좋다는 영혼의 승낙을 나 여기서 하였으니.　　　　　　250
영광을 비열함으로, 왕권을 노예의 속박으로,
당당한 군왕을 신하로, 왕위를 농부의 처지로 만들었으니 ―

노섬벌랜드
어르신 ―

리처드
내가 어째서 자네 어르신인가? 오만하고 모욕적인 자네의 ―
아무에게도 난 어르신 아니네. 난 이름도, 호칭도 없네.　　　　255
아니, 왕이란 이름 내 세례반(洗禮盤) 앞에서 받진 않았어.
그렇지만 그걸 빼앗겼네. 아, 억장이 무너지는구나,
나 그 숱하게 많은 햇수를 살아 왔으련만,
지금 와서 나를 무어라 불러야 할지 모르다니 ―
아, 나 차라리 눈〔雪〕 굴려 만든 눈사람 왕이었다면,　　　　260
볼링브로크라는 태양 앞에 서서
물방울 방울로 녹아내릴 수나 있었을 것을 ―
훌륭하고 대단한, 그러나 대단히 훌륭하진 않은, 왕이시여,
내 말 영국에서 아직도 금화처럼 값나가는 것이라면,
거울 하나 곧바로 이리 가져오게 하오.　　　　　　　　　　265
그래서, 왕권의 위엄을 다 빼앗긴 지금
내 얼굴 어떤 형상인지 나 볼 수 있게 말이오.

볼링브로크
누구 가서 거울 하나 가져와.

시종 하나 퇴장 ⸸

노섬벌랜드
가지러 간 거울 올 때까지 이 자술서를 읽으시오.

리처드
악마, 나 지옥도 가기 전에 날 고문하는구나.   *270*

볼링브로크
너무 다그치지 마오, 노섬벌랜드 경.

노섬벌랜드
하원(下院)이 만족지 않을 텐데요.

리처드
그자들은 내가 만족시켜 주지. 내 죄상이 다 기록된
바로 그 문서를 내가 보게 되는 순간,
다 읽어 주마 — 그게 바로 나이니까.   *275*

시종 하나 거울 들고 등장 ⸸

거울을 다오. 그걸 보고 읽으련다.
아직 주름이 덜 잡혔어? 슬픔이 이 내 얼굴 위에
그 숱한 가격(加擊)을 하였으되, 더 깊은 상흔을
남기지 못했나? 아, 거울도 아첨을 하는구나 —
나 한창 좋은 세월이었을 때 날 따르던 무리처럼,   *280*

거울도 날 속이는구나. 이 얼굴이, 날이면 날마다
왕실 지붕 아래에서 일만 명을 거느리던,
바로 그 얼굴인가? 이 얼굴이, 마치 태양인 양,
보려는 사람 눈부셔 눈 감게 하던 그 얼굴인가?
이것이, 그 숱한 망동(妄動)들을 눈감아 주다가 마침내   285
볼링브로크가 들고일어나도록 한 그 얼굴인가? 17
부서지기 쉬운 영광 이 얼굴에 빛나는구나.
이 얼굴도 영광처럼 부서지기 쉬운 것 ―〔**거울을 바닥에 집어 던진다**〕
저것 보아, 일백 개의 조각으로 산산이 부서진 걸.
말씀 없으신 임금, 잘 새겨 두시오, 이 장난의 의미를 ―   290
내 슬픔이 내 얼굴을 얼마나 빨리 깨뜨렸는지.

볼링브로크
그대의 슬픔이 던진 어두운 그림자가
그대 얼굴의 허상(虛像)을 깨뜨린 거요.

리처드
다시 말해 보오. 내 슬픔이 던진 어두운 그림자라?
보자 ― 옳은 말씀이야 ― 내 슬픔은 다 내 맘속에 있는 거고,   295
이 겉으로 드러난 탄식의 행태는,
고통받는 영혼 속에서 소리 없이 일고 있는,

---

17 이 부분(281~286행)은 크리스토퍼 말로의 *Doctor Faustus*에서 주인공 포스터스
    (Faustus)가 악마에게 트로이의 헬렌을 정부로 삼을 수 있도록 해달라는 요청을
    하자, 마녀 하나가 그 모습으로 눈앞에 나타났을 때 들려주는 대사 ― "Was this
    the face that launched a thousand ships, / And burnt the topless towers of
    Ilium?"(12장, 81~82행) ― 를 반향한다.

보이지 않는 슬픔의 반영일 뿐.
거기에 본질이 있지. 그리고, 고맙소, 전하,
그대가 베푼 은혜로움이 말이오. 그대는 내 슬픔의   300
원인을 제공했을 뿐 아니라, 그 원인을 슬퍼하는 방식까지
가르쳐 주니 말이오. 하나만 더 부탁하고, 물러나오.
그리고 더는 괴롭히지 않겠소. 들어 주시려오?

볼링브로크
말하오, 다정한 사촌.

리처드
다정한 사촌이라! 나는 임금보다 위에 있구나!   305
내가 임금이었을 때, 내게 아첨하던 자들은
신하들이었지. 헌데, 나 지금 신하가 되었는데,
임금이 내게 아첨을 하다니 ─
그처럼 대단한 위치인데, 부탁은 무슨 ─

볼링브로크
그래도 말해 보오.   310

리처드
들어 주려오?

볼링브로크
그렇소.

리처드
그러면, 가게 해 주오.

볼링브로크
어디로?

리처드
어디로든—그대 눈에 띄지 않게 말야.   *315*

볼링브로크
누구 한 사람 이분을 런던 탑으로 모셔라.

리처드
그렇지, 모셔야지! 도둑놈들 재산 빼돌리듯—
네놈들 다 군왕의 몰락 기화로 일어나는 것들이야.

리처드와 감시수행원 퇴장 †

볼링브로크
돌아오는 수요일에 대관식을 거행할 것을
엄숙히 선언하오. 경들, 준비하길 바라오.   *320*

칼라일 주교, 웨스트민스터 사원장, 오멀을 제외하고 모두 퇴장 †

웨스트민스터 사원장
가슴 아픈 장면 우리 보았소이다.

칼라일
고통은 앞으로 올 거요. 아직 태어나지 않은 아이들
때 되면 오늘이 가시처럼 쓰린 날인 걸 알게 될 거요.

오멀
성직에 몸담으신 두 분, 이 왕국에서 이 고약하기
짝이 없는 오점을 지워 버릴 방법은 없을까요?   *325*

웨스트민스터 사원장
공, 그 문제에 대한 내 생각을
허심탄회하게 말씀드리기 전에, 공께서는
내가 의도하는 바를 일체 발설치 않을 뿐만 아니라,
내가 어떤 계획을 세우더라도
이를 적극 추진할 것을 맹세해야 하오.   *330*
공의 안면에는 불편한 심기 넘쳐나고,
공의 가슴엔 슬픔이, 공의 눈에는 눈물 가득하구려.
나와 함께 가 저녁이나 같이하십시다. 우리 모두에게
즐거운 날 가져올 수 있는 계획 나 세워 볼 것이오.

모두 퇴장

5막 1장

런던 런던 탑으로 향하는 길
왕비와 시녀들 등장 ⸸

왕비
전하께서 이 길로 오실 거야. 이 길이 줄리어스 씨저가
짓지 말았어야 했는데 지어 놓은 그 탑으로 가는 길이야.18
딱딱하고 냉랭한 그 속에, 오만무쌍한 볼링브로크가
죄인이란 판결 내린 내 남편, 수인(囚人)으로 갇힐 거야.
여기서 좀 쉬자구 ― 이 반심(叛心)으로 가득 찬 땅에   5
진정한 군주의 왕비가 쉴 수 있는 곳 있다면 ―

리처드와 호송인 등장 ⸸

그런데, 잠깐, 이것 봐, 아니, 보지 말아야 하나?
아름다운 내 장미 시들고 있잖아.19 그래도 보아야지 ―

---

18 런던 탑(The Tower of London)은 큰 성채로서, 피비린내 나는 역사를 갖고
   있다. 이곳은 수많은 정치범들이 갇혔던 곳이고, 숱한 처형이 집행된 곳이
   다. 로마가 영국 땅을 지배하던 시절, 씨저가 이 성채를 축조하게 하였다는
   전설이 있으나, 이는 사실과 다르다. 〈리처드 3세〉(3막 1장)에서도 이에 대한
   언급이 나온다.
19 장미는 리처드가 속하는 플랜태저넷(Plantagenet) 왕가의 상징이다. 〈헨리 4

그래야 연민의 정으로 이 몸 녹아 이슬이 되어,
진정한 사랑의 눈물로 깨끗이 씻어 드릴 테니까.   *10*
아, 당신, 트로이의 폐허 같은 사라진 영광의 잔해 —
영예의 표징이셨으나, 지금은 리처드 임금의 무덤일 뿐,
리처드 임금은 아닌 당신! 어찌하여 못돼먹은 슬픔이,
그대처럼 장중한 객사(客舍)에 머무는 건가요?
호기로운 기상은 오히려 선술집에 여장을 풀었는데 — 20   *15*

리처드

슬퍼하지 마오, 고운 아낙, 제발 그리 마오 —
나 이 자리에서 죽는 것 안 보려거든 — 착한 그대,
우리의 지난날들 즐거운 꿈이었다 생각하오.
그 꿈에서 깨어나니, 우리가 진정 누구인지를
이렇게 알게 되는구려. 여보, 난 피할 수 없는   *20*
숙명과 형제의 맹약 맺은 사이니, 숙명과 나는
죽을 때까지 함께 있을 거요. 그대는 프랑스로
서둘러 가서, 수녀원 하나 찾아 칩거토록 하오.
우리의 경건한 삶이 새로운 천국의 왕관을 줄 거요.
우리가 가져 온 속된 시간들로 잃은 왕관 대신에 —   *25*

세〉 1부, 1막 3장에서 핫스퍼(Hotspur)는 폐위되어 살해된 리처드를 "that
sweet lovely rose"라고 부른다.
20 리처드가 슬픔이 머무는 "장중한 객사(客舍)"라면, 볼링브로크는 "호기로운 기
상"이 여장을 푼 "선술집"이다. 두 사람이 처했어야 할 상황이 서로 엇바뀌었
다는 의미.

왕비

그럼, 내 리처드 님은 외양과 내면이 다
바뀌어지고 약해지신 건가요? 볼링브로크가
당신의 이성마저 빼앗고, 그대 가슴 차지했나요?
사자는 죽을 때, 제압당한 것에 대한 노여움으로,
딴 건 몰라도, 날카로운 발 앞으로 뻗어 30
땅을 후벼 파지요. 그런데 당신은, 학동(學童)처럼,
훈도(訓導) 다소곳이 받아들이고, 회초리에 입 맞추고,
상대방의 광분에 비열한 겸양으로 비위 맞춘단 말예요?
사자이고 야수들의 왕인 당신께서 —

리처드

"야수들의 왕"이라 — 그렇지. 야수들이 아니었다면 35
난 아직도 인간들 다스리는 행복한 임금이었을 것을.
한때 왕비였던 그대, 프랑스로 떠날 준비를 하오.
나는 죽은 걸로 생각하오. 그리고 지금 이 자리가,
내 죽음의 침상처럼, 그대 살아서 하는 마지막 작별로 아오.
지루한 겨울밤이면, 착한 늙은 이웃들과 함께 40
난로에 둘러앉아, 오래전에 있었던 슬픈 시절
이야기들을 그대에게 들려주도록 하오.
그리고 잠자리 들기 전, 그네들 슬픈 이야기에 답하여,
내 구슬픈 사연을 들려주구려. 그러면
이야기 들은 사람들 울면서 잠자리에 들지니 — 45
그리되면, 무감각한 땔나무 장작들도
그대 혀가 들려주는 무거운 음조에 감응하여,
연민의 정으로 흘리는 눈물로 화덕 불 꺼 버리고,

어떤 건 타버린 재 속에서, 어떤 건 시커멓게 타며,
적법한 임금이 폐위된 것 슬퍼하리다.   *50*

노섬벌랜드 등장 †

노섬벌랜드
어르신, 볼링브로크께서 생각을 바꾸셨소.
런던 탑이 아니라 폼프레트 성으로 가셔야겠소.
그리고, 부인, 부인께는 별도의 조치가 마련되었소.
부인께서는 급히 프랑스로 가셔야겠소.

리처드
노섬벌랜드, 승승장구하는 볼링브로크가   *55*
내 왕좌에 오르려 딛는 사다리 역할 하는 자네,
곪아서 부풀어 오르는 고약한 죄가
마침내 터져 고름 흘러나오는 데는, 그렇게 긴
시간이 필요치 않을 걸세. 설령 그가 왕국을 양분하여
자네에게 절반을 주더라도, 자넨 그로 하여금 왕국을   *60*
통째 갖게 해 주었는데 너무 적다고 생각할 걸세.[21]
그 또한, 적법지 않은 왕을 옹립하는 방법을 아는
자네이기에, 아무리 사소한 계기가 주어지더라도,
그가 찬탈한 왕좌로부터 그를 다시 곧바로 끌어내릴
방법을 새로이 강구할 수 있을 것이라 생각할 걸세.   *65*
사악한 자들의 우정은 두려움으로, 두려움은 미움으로

---

21 리처드의 이 예언은 〈헨리 4세〉 1부에서 그대로 실현된다.

바뀌고, 미움은 둘 중 하나를, 아니면 둘 다를,
받아 마땅한 위험과 죽음으로 몰아간다네.

노섬벌랜드
내게 죄가 있다면, 내 머리 하나 떨어지면 그만이겠죠.
작별하고 헤어지시오. 두 분 곧 떨어지셔야 하니 —   70

리처드
이중으로 갈라놓는구나! 못된 자들, 너희는 두 겹의
혼인을 깨뜨리는 거다 — 내 왕관과 나 사이의 결합,
그리고 나와 내가 혼인 맺은 아내 사이의 결합을.
그대와 내가 한 혼인 서약을 입 맞추어 해지토록 해 주오.
한데, 그건 안될 일 — 혼인 서약 입맞춤으로 했는걸.   75
우릴 갈라놓게, 노섬벌랜드. 나는 북쪽으로 —
거긴 몸서리치게 만드는 추위와 병고가 괴롭히는 곳 —
내 아내는 프랑스로 — 거기서 호화의 극을 다해
화려하게 치장하고, 달콤한 오월처럼 왔다가,
황량한 동짓달 아니면 섣달처럼 쓸쓸히 돌아가느니 —   80

왕비
그러면, 우린 떨어져야 하나요? 헤어져야 하나요?

리처드
그렇소, 여보, 손과 손이 — 가슴과 가슴이 —

왕비
우리 둘 다 추방해요 — 전하와 나를 함께 —

노섬벌랜드
그건 자비로움이지 좋은 책략은 아니지요.

왕비
그럼, 저분 가시는 곳에 나도 가게 해 주어요.   85

리처드
이렇게 둘이 함께 우니 슬픔은 하나가 되는구려.
당신은 프랑스에서 날 위해, 난 여기서 당신 위해, 울면 되잖소.
가까이 있으면서 못 보느니, 차라리 멀리 떨어져 있는 게 낫소.
가는 길 한숨으로 헤아리오. 난 신음소리로 하리다.

왕비
가는 길 멀면 탄식도 길겠지요.   90

리처드
나 가는 길 짧으니, 걸음마다 두 번 신음을 하여,
무거운 가슴으로 나 걷는 길 길게길게 만드려오.
자, 자, 슬픔에게 하는 구애(求愛)는 짧게 합시다.
슬픔과 결합한 후엔, 길고 긴 탄식 있을 테니 말이오.
입맞춤 한 번으로 입 다물고, 아무 말 없이 헤어집시다.   95
이렇게 내 가슴 주고, 이렇게 당신 가슴 받으오.

왕비

내 가슴 다시 돌려주세요. 당신 가슴을 간직하다가
죽이는 일을 떠맡아야 하는 건 마음 내키지 않아요.
자, 이렇게 내 가슴 다시 찾았으니, 이젠 가세요—
나 이제 신음으로, 되찾은 내 가슴 죽이려 할 테니까요.   *100*

리처드

우린 이처럼 다정하고 어리석게 슬픔을 희롱하는구려.
다시 한 번—잘 가오. 다 못한 나머지 말은 슬픔 몫이오.

모두 퇴장 ⸸

5막 2장

요크 공작의 집
요크 공작과 그의 부인 등장

요크 공작부인
여보, 나머지 이야기를 해 주시겠다고 하셨지요.
우리 조카 둘이 런던으로 들어오는 모습
이야기하시다가 목이 메어 그만두신 —

요크
어디까지 했더라?

요크 공작부인
그 가슴 아픈 부분요, 여보 — 거칠고 막돼먹은 손들이   5
높은 창문에서 리처드 임금의 머리에 흙과 쓰레기를 던졌다는 —

요크
그러자, 내 말한 대로, 위세 등등한 볼링브로크 공작,
등 위의 의기충천한 기수 누군지 아는 듯싶은
맹렬하고 불같은 기상의 준마에 높이 앉아,
천천히 그러나 위엄 갖춘 보조로 말 몰아가는데,   10
그동안 모두 입 모아 "볼링브로크 만세"를 외칩디다.

창문들마저 입 벌리고 말하는 것 같았으니,
젊은이 늙은이 할 것 없이 그 숱한 열광하는 무리,
공작의 얼굴 한 번 보려, 창문을 통해 그네들
욕구에 찬 눈길을 쏘아 보내고, 꽉 메운 군중으로   15
채워진 벽들은, 마치 벽에 드리워진 융단처럼,
"예수님이 지켜 주오, 볼링브로크, 환영하오!"라고
외치는 것 같았소. 그동안 이리저리 고개 돌리며,
모자 벗은 머리를, 타고 있는 오만한 말 목 아래로 낮추며,
"고맙습니다, 동포 여러분" 하며 응수합디다.   20
이런 행동거지 유지하며 지나갔다오.

요크 공작부인
아, 불쌍한 리처드! 그동안 리처드는 어디 있었죠?

요크
마치 극장에서, 명연기를 보여준 배우 한 사람
무대를 떠난 후, 다음에 등장하는 배우에게 관객들이
시큰둥한 시선을 던지며, 그가 지껄이는 대사   25
지루하게 느끼듯, 그처럼, 아니 그보다 더한 멸시의
시선으로, 사람들은 리처드를 찡그리며 봅디다.
아무도 "주님의 보살핌 있으오"라는 말 한마디 없고.
아무도 리처드의 귀환을 기뻐하는 말 한마디 않고,
오히려 리처드의 성스런 머리에 흙먼지 던집디다.   30
기품 있게 슬픔 억누르며, 리처드는 그걸 털어내는데,
리처드의 얼굴은 눈물과 미소가 뒤범벅이 되니 ―
그의 슬픔과 인고(忍苦)의 정신의 표징이라 ―

하느님께서 그 어떤 특별한 의도로 사람들 가슴이 쇠처럼
차게 되도록 하지 않으셨다면, 어쩔 수 없이 녹아내렸을 것 ―   35
그리고 야만인들조차도 리처드를 동정했을 거요.
허나, 이 모든 일엔 하느님의 뜻이 있는 법 ―
하느님의 높은 뜻에 차분하게 순종할밖에 ―
우리는 이제 볼링브로크에게 충성 다할 뿐 ―
그분의 지위와 영예를 나는 무조건 인정하오.   40

오멀 등장 †

요크 공작부인
여기 내 아들 오멀이 와요.

요크
한때 오멀 공작이었지만, 리처드와 가까워 그 지위 잃었소.
따라서, 부인, 이젠 러틀랜드 백작이라 불러야 하오.
새로 등극한 임금을 향한 저 아이의 진실됨과
변함없는 충성을 내가 의회에서 선서해야 할 입장이오.   45

요크 공작부인
잘 왔어, 내 아들. 새로 찾아온 봄의 푸른 들판에
흐드러지게 피어난 제비꽃들은 이제 누구누구지?

오멀
어머니, 전 모르겠어요. 또 알고 싶지도 않아요.
제가 그 중 하나가 아니었으면 하는 건 확실해요.

요크

애야, 이 새로 찾아온 봄에 처신 잘해라.　　　　　　　　　　　　*50*

한창때 맞기도 전에 잘려 버리지 않으려면 ―

옥스포드에서 온 소식은? 마상시합과 사열은 열린다던?

오멀

제가 알기로는, 아버님, 개최된답니다.

요크

너도 참석하겠지, 물론.

오멀

하느님께서 막지만 않으신다면, 그럴 생각입니다.　　　　　　　*55*

요크

네 품 밖으로 늘어진 그 인장(印章)은 무어냐?

어허, 네 얼굴 질리느냐? 그 문서 좀 보자.

오멀

아버님, 아무것도 아닙니다.

요크

그럼 봐도 되겠지. 봐야겠다. 문서 이리 다오.

오멀

아버님, 용서해 주세요.　　　　　　　　　　　　　　　　　*60*

별로 중요치 않은 사안인데요 ─ 몇 가지 이유로,
제가 보지 않았었더라면 하는 내용입니다.

요크
나도, 몇 가지 이유로, 그걸 보아야겠다.
아무래도 ─ 아무래도 ─

요크 공작부인
무얼 걱정하시는 거예요? 행사 날 대비해서 그날 입을   65
멋진 옷 한 벌 살 돈 빌리려 서명한 무슨 약정서겠죠.

요크
약정서를 제가 갖고 있어? 제가 갚을 거라는 약정서가
왜 빚진 놈 손에 있어? 여편네, 당신 얼빠졌군.
이놈아, 그 문서 좀 보자.

오멀
제발, 용서하세요. 보여드릴 수 없어요.   70

요크
보아야겠다. 이리 내라. 〔오멀의 품에서 문서를 빼앗아 읽는다〕
역모로구나, 대역무도한 ─ 이놈, 역적 놈, 죽일 놈!

요크 공작부인
여보, 왜 그러시오?

요크
여봐라, 게 누구 있느냐? 말안장 얹어라!
하느님 맙소사! 이 무슨 끔찍한 간계냐!　　　　　　　　　　*75*

요크 공작부인
아니, 왜 그러시오, 여보?

요크
내 장화나 가져와, 잔말 말고! 말안장 얹어라!
내 명예와, 내 생명과, 내 성심에 걸어,
나 저 악당놈을 고변할 거요.

요크 공작부인
도대체 왜 그러세요?　　　　　　　　　　　　　　　　*80*

요크
입 다물어, 멍청한 여편네.

요크 공작부인
다물지 못하겠어요. 무슨 일이오, 오멀?

오멀
어머니, 마음 가라앉히세요. 별것 아닌 제 목숨이
책임지면 그만인 정도의 일이에요.

요크 공작부인
네 목숨이 책임진다고?   85

요크
장화를 가져와. 왕한테 가야겠어.

하인 장화 들고 등장 ✝

요크 공작부인
저놈 쫓아 버려, 오멀. 불쌍한 것, 넋이 나갔구나.
〔**하인에게**〕 가 버려, 이놈! 다시는 얼씬거리지 마라.

요크
내 장화 달라니깐 ─ 어서.

요크 공작부인
아니, 그래, 요크 공작, 어쩌시려고요?   90
자식놈 잘못한 걸 덮어 주시지 않으려오?
우리한테 아들이 더 있소? 아니면 또 생길 것 같소?
아이 더 가질 수 있는 나이를 나 넘기지 않았소?
잘생긴 내 아들 내 노년에 빼앗아 버리려 하오?
그래서 어미 된 기쁨 송두리째 없애려 하시오?   95
저 애가 당신 안 닮았소? 당신 자식이 아니오?

요크
정신 나간 멍청이 여편네, 이 흉측한 음모를 감추려 해?

여기 적힌 열두 명은, 옥스포드에서 전하를 살해키로
맹세하였고, 상호간에 친필 서명을 하였소.

요크 공작부인
오멀은 빠질 거예요. 못 가게만 하면 되지, 무슨 걱정예요?   *100*

요크
비켜, 바보 같은 여편네! 저놈이 내 아들 아니라
세상에 또 없는 그 무어라 해도, 저놈 고변해야 돼.

요크 공작부인
당신도 나만큼 저 앨 낳으려 고생했다면,
마음 그렇게 모질진 않을 거예요. 하지만, 이제
당신 마음 알겠어요. 내가 당신 몰래 서방질해서   *105*
저 애를 낳았고, 그래서 당신 아이 아니라는 거죠?
여보, 요크, 내 낭군, 그런 생각일랑 마세요.
저 애는 당신을 빼닮았고, 나나 내 친정 식구 중
그 누구도 안 닮았지만, 난 저 애를 사랑해요.

요크
비켜요, 말 안 들어먹는 여편네!

퇴장 ✝   *110*

요크 공작부인
쫓아가, 오멀! 아버님 말을 타고,

서둘러서, 네 아버지보다 먼저 왕한테 가서,
아버지가 너를 고변키 전에 용서를 빌어.
나도 뒤따라 갈게—내가 늙기는 했지만,
네 아버지만큼은 빨리 말달릴 수 있어.   *115*
볼링브로크가 너를 용서하기 전에는
내 꿇은 무릎을 펴 일어나지 않겠다. 가, 어서.

두 사람 함께 퇴장

5막 3장

원저 성
볼링브로크, 퍼시, 그 밖의 귀족들 등장 ⸸

볼링브로크
허랑방탕한 내 아들 소식 아는 사람 없소?
내가 아들놈 마지막 본 지가 꼬박 석 달 되었소.
역병처럼 괴로운 근심거리 있다면, 그건 내 아들이오.
경들, 그 행방이라도 알게 되기를 바랄 뿐이오.
런던을 수소문해 보오—그곳 술집들을 중심으로.   5
내 듣기로, 내 아들놈 날이면 날마다 거기서
무절제한 파락호 무리들과 어울린다 하는데—
듣기로는, 좁은 골목에 서 있다가, 경비원을
때려눕히고 행인들 갈취하는 자들이라 하오.
나이 어려 방자하고 성숙지 못한 촐랑이인지라,   10
그처럼 형편없는 패거리와 작당하는 것을
오히려 자랑스럽게 생각하는 듯하오.

퍼시
전하, 한 이틀 전에 왕자님을 뵈었는데, 그때
옥스포드에서 열릴 사열 행사에 대해 말씀드렸습니다.

볼링브로크
그랬더니 그 한량 무어라 합디까?   *15*

퍼시
왕자님 대답은, 갈보집에 가서,
싸구려 계집한테 장갑 한 짝 빼앗다시피 얻어,
그걸 연모의 징표로 몸에 지니고는, 창 꼬나 잡고
최강의 도전자를 낙마시키겠다고요.

볼링브로크
막장도 마다하지 않듯 막무가내구려! 그러나   *20*
그런 가운데에도 무언가 희망의 불꽃 보이는구려.
어쩌면 나이 들어 이룩할지도 모르는 ─ 헌데, 누가 오는가?

오멀 황망한 모습으로 등장

오멀
전하는 어디 계시오?

볼링브로크
마치 정신 나간 사람처럼 휘둘러보니, 사촌, 어�쩐 일이오?

오멀
전하의 강녕을 빕니다. 전하께 소청 드리온대,   *25*
혼자 계신 자리에서 말씀 여쭙도록 해 주소서.

볼링브로크
물러들 가오. 우리 둘만 남기고—

퍼시와 다른 귀족들 퇴장 †

자, 사촌, 무슨 일이오?

오멀
제가 일어서고 말하기 전 전하의 용서받지 못한다면,
제 무릎은 영원히 땅에 뿌리박을 것이오며,   *30*
제 혀는 제 입 속 천정에 달라붙을 것이옵니다.

볼링브로크
그 과실이 계획만 했던 건가, 이미 저지른 건가?
전자의 경우라면, 아무리 불측한 것이랄지라도,
앞으로 자네의 성심을 얻기 위해 내 용서하겠네.

오멀
하오면, 열쇠를 돌려 문 잠글 것을 허락해 주십시오.   *35*
제 이야기를 마칠 때까지 아무도 못 들어오도록요.

볼링브로크
그렇게 하게.

요크
〔**밖에서 문 두드리며**〕전하, 조심하시오. 옥체 보전하시오.
지금 전하 면전에 역적놈이 있소이다.

볼링브로크
〔검 뽑으며〕 네놈은 내가 맡아 주마.   *40*

오멀
노여운 손 멈추세요 — 두려워하실 일 없습니다.

요크
문 여시오, 전하. 위해(危害) 코앞에 닥쳤소.
전하 위하는 마음으로 나 불경죄 저질러야겠소?
문 여시오. 안 그러면 나 문 부수겠소.

등장 ⸸

볼링브로크
숙부님, 말씀하세요, 숨 돌이키시고 — 위험이   *45*
얼마나 가까이 있는지 — 그래야 방비를 하지요.

요크
여기 이 문서를 보시오. 하면, 나 숨차서
말하기 힘든 역모가 무언지 아실 수 있소.

오멀
읽으시면서, 이미 하신 약조를 기억하소서.
저는 후회막급이오니, 거기 적힌 제 이름 보지 마소서.   *50*
제 가슴 제 손이 한 짓을 용인치 않사옵니다.

요크

네 손으로 서명키 전까진, 네 가슴 그랬잖았냐, 이 못된 놈.

이 역적놈 품에서 빼앗은 것이외다, 전하.

이놈이 참회하는 건, 성심이 아니라 두려움 때문이오.

불쌍히 여길 생각일랑 아예 마시오. 연민의 정이   55

독뱀 되어 그 독을 전하의 심장까지 뻗칠지 모르오.

볼링브로크

흉측하고, 고약하고, 대담한 음모렷다.

반심 품은 아들 둔 충성스런 어르신!

투명하고, 맑기 그지없고, 은빛으로 솟는 샘 —

그에서 유래한 물줄기 진흙탕을 거치다가,   60

그 흐름을 멈추고 더럽혀졌으니 —

어르신의 선(善)이 넘쳐 악(惡)으로 되었소이다.

어르신의 넘쳐나는 덕(德)은, 못된 길에 발 디딘

아드님이 범한 이 끔찍한 과오를 덮어줄 것이오.

요크

그리되면 내 덕목 저놈 못된 짓 부추기는 게 되고,   65

수치스런 짓거리로 내 명예를 고갈시킬 거요.

낭비벽 심한 자식 애비가 애써 모은 돈 써버리듯 —

저놈의 불명예 죽어야 내 명예가 사는 것이고,

저놈의 불명예 속에 내 욕된 삶 있소이다.

저놈을 살려 두는 건 날 죽이는 것이니, 그리하면,   70

역적은 살려 주고, 충신은 죽이는 것이오.

요크 공작부인

〔안에서〕 여기요, 전하, 제발, 날 좀 들여 줘요.

볼링브로크

누가 이렇게 날카로운 소리로 애소(哀訴)하는 거요?

요크 공작부인

여자요 — 숙모요 — 전하 — 나요 —

나하고 말 좀 해요, 날 불쌍하게 여기고, 문 좀 열어 줘요.   75

비럭질해 본 적 없는 나, 거지처럼 구걸해요.

볼링브로크

심각한 문제로부터 상황이 바뀌어,

이젠 "거지와 임금"으로 되어 버렸구나.[22]

위험천만한 사촌, 모친을 들어오게 하라.

자네 고약한 죄 용서해 달라 온 걸 내 아느니.   80

요크

그 누가 애소를 하든, 전하께서 용서하신다면,

그 용서로 인해 더 많은 죄 번성하리다.

이 곪은 관절을 잘라 버리면, 남은 부분 온전하리다.

허나, 그냥 내버려 두면, 남은 부분 다 망칠 것이오.

---

22 코페투아(Cophetua) 왕과 거지소녀의 이야기를 담은 민요에 대한 언급이지만,
   민요의 내용과는 상관없이, 볼링브로크는 있을 수 없는 상황이 전개되는 것을
   이에 빗대어 말하고 있다.

요크 공작부인 등장 †

요크 공작부인
전하, 이 마음 모진 영감 말 믿지 마시오.   85
제 몸뚱아리 아끼지 않는 자 남도 아낄 수 없다오.

요크
이 정신 나간 여편네, 여기 와서 무슨 짓거리야?
늙은 젖꼭지 물려 역적놈 다시 키우려 하나?

요크 공작부인
여보, 요크, 참으세요. 내 말 좀 들어 주어요, 전하.

볼링브로크
숙모님, 일어나세요.   90

요크 공작부인
아직은요 — 나 빌어요 — 잘못 저지른 내 아들 러틀랜드를
용서해 주어 그대가 내게 그 큰 기쁨 줄 때까지는
언제까지나 나 무릎으로 걸을 것이며,
행복한 사람이라면 맞는 환한 낮 보지 않을 거요.

오멀
제 어머니의 청원 따라 저도 무릎 꿇습니다.   95

요크
저 둘에 반대하여 나 충심으로 무릎 꿇으오.

자비를 베풀면, 전하에게 좋을 일 없으리오.

요크 공작부인
저 영감 진심인 것 같소? 저 얼굴을 보오.
눈에는 눈물 한 방울 없고, 농으로 하는 청원이라우.
저 영감 말은 입에서 나오고, 우리들 말은 가슴에서요.   100
저 영감 청원은 매가리 없고, 거절해도 괜찮다오.
우리들은 가슴과 영혼, 그 밖의 모두를 다해 빌고 있소.
저 영감 뼈마디 쑤시면 선뜻 일어날 거요. 허나,
우리들 무릎은 땅에 뿌리박힐 때까지 안 일어날 거요.
저 영감 소청은 거짓 위선으로 가득 차 있으나,   105
우리들 소청은 참된 열의와 깊은 진정뿐이라오.
우리들 기원은 저 영감 바라는 것을 지워 버리오.
참된 기도라면 들어주어야 할 자비를 베푸시오.

볼링브로크
숙모님, 일어나세요.

요크 공작부인
아니, 일어나라는 말보다 먼저, 용서한다는 말해 주오.   110
그 다음에 일어나라고 해요. 내가 그대에게 말 가르치는
젖어미라면, "용서"라는 말 그대 배우는 첫 단어일 거요.
내가 여태껏 그토록 듣고 싶었던 단어 없었다오.
"용서한다"고 말해 줘요, 전하, 불쌍하단 마음만 들면 돼요.
간단한 단어지만, 간단하기보단 그 맛 달디단 단어라오.   115
군왕의 입에 "용서"라는 말처럼 어울리는 말 없다오.

요크

프랑스 말로 하시오, 전하. "용서하세요" ─ 이렇게 말이오. 23

요크 공작부인

용서 않도록 하려 용서란 말 가르치시오?
아, 뒤틀어진 심사의 내 남편, 냉혹한 양반,
단어 하나 가지고 그 정반대 뜻으로 뒤집으려는 분 ─   *120*
우리나라에서 쓰이는 그대로 "용서한다"고 말해요 ─
아리송하게 뜻 바꾸는 프랑스 말은 모르겠어요.
그대의 눈빛이 말하기 시작하오 ─ 거기 음성만 보태시오.
아니면, 그대의 궁휼 가득한 마음에 그대 귀를 심으오 ─
하여, 우리의 탄원과 애소가 그대 마음 뚫는 것을 들어,   *125*
연민의 정이 그대 움직여 "용서한다"고 말하게 되도록.

볼링브로크

숙모님, 일어나세요.

요크 공작부인

일어나려 탄원하는 것 아니라오. 내 소원은 "용서"요.

볼링브로크

주님께서 나를 용서하시듯, 사촌을 용서하오.

---

23 "용서한다"가 아니라, "용서하세요"라고 말하면, 이는 "용서할 수 없으니 양해
해 달라"는 뜻이 된다. 리처드의 비극적인 죽음의 순간을 보여주기 전, 셰익스
피어는 이 우스꽝스런 장면을 보여줌으로써 '희극적 이완'(*comic relief*)을 마련
해 준다고 볼 수 있다.

요크 공작부인
아, 무릎 꿇은 보람 있구려!   *130*
그래도 난 아직 두렵소. 다시 한 번 말해 주오.
"용서"란 말 두 번 한다고 두 번 용서하는 건 아니고,
한 번 하는 용서를 값지게 한다오.

볼링브로크
내 마음 다해 사촌을 용서하오.

요크 공작부인
그대는 지상(地上)의 신(神)이시오.   *135*

볼링브로크
내 믿어 의심치 않는 내 매제와 사원장을 제외하고,
모의에 참여한 일당의 나머지 자들에겐
즉각적인 처형을 지체 없이 집행할 것이오.
숙부님, 옥스포드로, 아니면 역도들이 모여 있는 데가
어느 곳이든 간에, 군대를 모아 이동시켜 주세요.   *140*
맹세코 그자들 이 세상에 살도록 허용치 않을 것이며,
어디 있는지 알기만 하면 반드시 잡아들이겠소.
숙부님, 잘 가세요. 그리고 자네, 사촌도―
자네 어머니 애소가 주효했네. 하니, 배신 말게.

요크 공작부인
자, 가자, 이놈아. 개과천선했으면 좋겠다.   *145*

모두 퇴장 ⸸

5막 4장

윈저 성
엑스턴과 하인 등장 ✝

엑스턴
전하께서 분명히 하신 말씀 귀담아듣지 않았나?
"이 살아 있는 후환의 걱정 없애 줄 벗 하나 없나?"
이렇게 말씀하셨지?

하인
바로 그렇게 말씀하셨지요.

엑스턴
"벗 하나 없나?"라고 하셨지 ─ 두 번이나 ─
그것도 두 번이나 강조해서 ─ 안 그래?

5

하인
그러셨죠.

엑스턴
그리고, 그 말씀하시며, 나를 뚫어지게 보셨지 ─
마치, "자네가 이 걱정으로부터 내 가슴을

자유롭게 해 주길 바래 —"라고 말씀하시듯 —
그거야 폼프레트에 갇힌 리처드이지. 자, 가자.
내가 전하의 벗이고, 전하의 적을 없앨 거다.

둘 함께 퇴장

5막 5장

폼프레트 성의 감옥
리처드 홀로 등장 ✝

리처드
내가 갇혀 있는 이 감옥을 어떻게 하면
바깥세상과 견주어 볼 수 있을까 궁리해왔지.
그런데, 바깥세상은 사람들로 가득하고,
여기엔 나 혼자밖에 없기 때문에,
그게 가능하지가 않아. 하지만 어떻게든 해 봐야지.   5
내 사고 능력은 내 영혼의 아내 노릇을 하고,
내 영혼은 아비 노릇을 하여, 그 둘이 결합해서
계속 증식하는 상념들을 한 세대 낳게 되고,
바로 이 상념들이 이 좁은 공간을 꽉 채우는데,
그 성질이 이 세상 사람들과 똑같지 무어야ㅡ   10
만족해하는 상념은 있을 수 없으니까. 좀 나은
축에 드는 상념ㅡ이를테면 하느님과 결부된 상념ㅡ은
회의(懷疑)와 뒤섞여서, 서로 상충하는 구절들을
대비 상쇄시킨단 말야ㅡ
이를테면, "오너라, 어린것들아"라고 했다가,   15
"낙타가 작은 바늘 구멍을 통과하는 것
만큼이나 어려운 노릇이다"ㅡ뭐 이런 것들이지. 24

좀 야심찬 상념들은, 이루어질 법하지도 않은
경이로운 일들을 일궈내지 — 이 보잘것없는 약한 손톱이,
이 혹독한 곳의 견고한 갈빗대 — 감옥의 울퉁불퉁한 벽 — 에   *20*
뚫고 나갈 통로를 후벼 팔 수 있을까 하는 것 같은 — 그런데
그건 있을 수 없는 일이니까, 한창 무르익다 스러지고 말아.
체념하는 쪽으로 기우는 상념들은 이렇게 자위하지 —
저들이 최초로 운명에 의해 희생된 자는 아니며,
또 마지막이 되지도 않을 거라고 — 마치 족쇄에 갇힌   *25*
어리숙한 거지들이, 많은 사람들 거기 앉았었고 또 앞으로도
그럴 거라고 뇌까리며, 그 치욕감 덜어낼 방도를 찾듯 말야.²⁵
이런 생각을 하며 그것들 일말의 위안을 얻는데,
그것들이 겪고 있는 불운을, 이미 앞서 겪은
사람들 있었단 생각을 함으로써만 가능한 일이지.   *30*
이렇게 난 혼자서 여러 사람 노릇을 하는데,
그 어디에도 만족하지를 못해. 어떤 때는 왕이 되는데,
반역 행위들을 떠올리면, 내가 거지였더라면 하는 마음 들고 —
실제로 거지인 걸 — 그러다가 견딜 수 없는 궁핍 앞에선

---

24 15~17행의 인용문은 둘 다 기독교 성경에서 유래한 것들이다. 두 번째 인용
    문을 셰익스피어는 "It is as hard to come as for a camel / To thread the
    postern of a small needle's eye"라고 적고 있는데, 희랍어 단어 κάμιλος의 뜻
    으로 전해져온 두 가지 — 즉 'camel'과 'cable-rope' — 를 함께 이 문장에 담고
    있다. 인용문에서 'thread'는 동사이지만 'cable-rope'와 연결지어 그 의미를 유
    추할 수 있기 때문이다.
25 여기서 '족쇄'로 번역한 'stock'은 우리나라에서는 '칼'이라고 불렀던 것과 비슷한
    형틀로서, 범죄자의 목과 사지가 나무 구멍에 갇혀 꼼짝 못하게 하는 잔혹한
    행형으로, 〈리어 왕〉에서 리어의 서신을 가져온 켄트에게 콘월과 리건이 이와
    같은 치욕을 겪게 한다.

역시 임금이었을 때가 좋았다는 생각이 들어.   35
그러면 다시 왕이 되고 — 이럭저럭하다 보면,
내가 볼링브로크한테 임금 자리를 뺏겼다는
생각 퍼뜩 들고, 곧바로 난 아무것도 아닌 게 돼.
그러나, 내가 무엇이든 간에, 나뿐 아니라, 사람이라면
그 누구든, 그 무엇으로도 만족할 순 없어 — 죽어서   40
평온함을 가질 때까진 말야. 〔음악 들린다〕 음악인가?
아, 저런, 음조가 안 맞는군. 아무리 음악이라 한들,
음조가 안 맞고 화음이 안 되면 얼마나 역겨운 것인가?
그건 사람들의 삶이라는 음악의 경우에도 마찬가지야.
그런데 조율 안 된 현악기가 내는 흐트러진 음조를   45
언짢아할 만큼 내 귀가 예민하단 말씀이야.
그러나 내 왕권과 세월 사이의 화음에 관해선,
내 진정한 음조가 깨진 걸 들을 귀가 없었지.
난 세월을 낭비했고, 지금은 세월이 날 말리는구나 —
왜냐면 시간이 나를 숫자 판 시계로 만들어 버렸으니까.   50
내 상념들은 분침(分針)과 같고, 한숨 내쉴 때마다
재깍재깍 분침 바뀌며 내 눈에 흔적 남기는데 — 내 눈은
밖으로 드러난 시계라 — 내 손가락은, 시계 바늘처럼,
눈에서 눈물 닦아 내려 계속해서 눈으로 향하지.
그런데 말씀이야, 시각을 알려 주는 소리는   55
귀 먹먹하게 울리는 신음인데, 내 가슴을 때리고 —
내 가슴이 종(鐘)인 셈이지 — 해서, 한숨과 눈물과 신음이
몇 분(分)인지, 어느 땐지, 몇 시(時)인지 알려 주는 거야.
한데, 내 시간은 볼링브로크가 승승장구하는 중에 가 버리고,
난 그의 시계나 치는 난쟁이처럼 여기 멍하니 서 있는 거야.   60

이 음악 날 미치게 하는구나. 그만 들려라.
음악이 미친놈들 제정신 들게 한다지만,
나한텐 멀쩡한 사람 미치게 할 것 같구나.
그렇지만 내게 이 음악 들려준 놈 복 받아라—
어쨌든 온정의 표시니까—리처드에게 마음 쓴 건   65
미움 가득 찬 이 세상에서 갸륵한 일이야.

마구간지기 등장

마구간지기
건안하소서, 전하.

리처드
고맙네, 친구. 값 떨어진 날 자넨 후하게 쳐주는군.
자넨 누군가? 그리고 무슨 일로 여기 왔지?
질긴 목숨 버티라고 먹을 것 갖다 주는   70
그 불쌍한 놈 말고는, 아무도 안 오는 곳에—

마구간지기
전하께서 옥좌에 계셨을 때, 전하의 마구간을 제가
돌보았습죠. 요크 공작님께 겨우겨우 찾아가서,
별별 하소연 끝에 마침내, 한때 이놈이 모셨던
전하의 용안을 뵈올 수 있는 허락을 받아냈습죠.   75
아, 런던 거리에서 그 대관식 날,
볼링브로크가 그 밤갈색 바바리 말 타고 가는 걸
보았을 때, 얼마나 제 가슴이 아렸는지—

전하께서 그토록 자주 타셨던 바로 그 말,
이놈이 그렇게 애써 가꿨던 바로 그 말 말씀입니다요!   80

리처드
볼링브로크가 내 바바리 말을 탔다고? 말해 주게 ―
여보게, 내 말이 그자를 태우고 어떻게 걷던가?

마구간지기
땅 딛는 게 못마땅하다는 듯, 거만하게요 ―

리처드
볼링브로크가 등에 앉은 게 자랑스러워서!
그놈의 말 임금인 내 손에서 빵 받아먹었는데 ―   85
내 이 손으로 등을 도닥거리며 그놈 기세를 돋워 줬는데 ―
비틀거리지도 않던가? 오만한 자 몰락하기 마련인데,
그놈 넘어지지도 않던가? 그래서 그놈의 말 잔등을
빼앗아 탄 그 오만한 볼링브로크 목이라도 부러뜨리게?
말아, 용서해라! 내가 왜 네게 분통 터뜨리는 거지?   90
사람에게 길들여지도록 태어난 너 ―
참으며 등 내주기 마련 아닌가? 난 말도 아니면서,
노새처럼 무거운 짐 지고 끙끙대는데 ― 끄덕대는
볼링브로크 아래, 박차에 긁히고, 안장에 쓸리고, 허우적대며 ―

옥지기 음식 가지고 등장 †

옥지기
이봐, 자리 비켜. 더 있으면 안돼.   95

리처드
자네 내 생각을 해서, 그만 나가 주게.

마구간지기
제가 감히 입으로 못 드릴 말씀, 가슴으로 하겠습니다.

퇴장 ✝

옥지기
어르신, 잡숫겠습니까?

리처드
늘상 하는 대로 먼저 맛보거라.

옥지기
어르신, 그럴 수 없습니다. 전하의 명받고 막 도착한   *100*
피어스 엑스턴 경이 그리 말라고 명합디다.

리처드
랭커스터 집 헨리 놈과 네놈에게 악마 덮치거라.
참는 것도 한도가 있고, 난 이제 지겹다.

옥지기를 때린다. ✝

옥지기
도와 ─ 도와줘요.

자객들 뛰어 들어온다. ✝

리처드
이건 또 뭐야—이렇게 무엄하게 덤벼 날 죽여 보겠다고?   *105*
악당놈아, 네놈 손에 네놈 죽일 무기가 들렸구나.
거꾸러져 지옥 한구석 메꾸거라.

자객들 몇 죽이고, 엑스턴 칼에 쓰러진다. ✝

내 몸을 이처럼 비틀거리게 만든 네놈의 손은
꺼지지 않는 지옥의 불 속에서 타리라. 엑스턴,
네 거친 손이 국왕의 땅을 국왕의 피로 물들였구나.   *110*
위로, 위로 오르거라, 내 영혼아! 네 자리는 저 위 높은 곳—
내 보잘것없는 육신은 이처럼 까부러지어, 여기서 죽는데—

죽는다. ✝

엑스턴
과연 왕통의 피에 걸맞은 용맹이로다. 그 둘을
내가 엎질러 버렸구나. 아, 잘한 짓이면 좋으련만!
내가 한 일이 잘한 일이라고 말해 준 악마가, 이젠   *115*
이 행위가 지옥의 연대기에 오른다고 지껄이고 있으니—
살아 있는 임금한테 이 죽은 임금을 모셔 가야지.
다른 시신들은 이 자리에서 치우고, 여기 묻어라.

모두 퇴장 ✝

5막 6장

윈저 성

나팔소리 볼링브로크, 요크, 그 밖의 귀족들과 시종들 등장

볼링브로크

어지신 요크 숙부님, 마지막 들어온 소식은
반도(叛徒)들이 글로스터셔에 있는 시스터 읍을
불 질러 태워 버렸다는 것인데, 그자들이 잡혔는지
아니면 주살되었는지는 아직 듣지 못했습니다.

노섬벌랜드 등장

어서 오시오. 그래 무슨 소식이오?   *5*

노섬벌랜드

우선, 전하의 성위(聖威)에 행운 깃들기를 기원합니다.
그 다음 소식은, 소신 솔즈베리, 스펜서, 블란트, 그리고
켄트의 수급(首級)을 런던으로 보냈다는 것입니다.
그자들이 체포된 자세한 경위는
여기 이 문서에 대략 기술되어 있습니다.   *10*

볼링브로크
그대의 노고에 감사하오, 퍼시 경. 그리고
그대 받아 마땅한 포상을 따로 준비하리다.

피츠워터 등장 ✝

피츠워터
전하, 소신 옥스포드에서 런던으로
브로카스와 베네트 실리의 수급을 보냈사온데,
옥스포드에서 전하를 시해하려는 음모를   15
획책한 위험천만한 역도들 중 둘이옵니다.

볼링브로크
피츠워터 경, 그대의 노고를 기억하리다.
그대의 공이 큼을 내 잘 알고 있소.

해리 퍼시와 칼라일 주교 등장 ✝

해리 퍼시
역모의 총수였던 웨스트민스터 사원장은
양심의 가책과 극심한 우울증으로 시달리다가   20
육신을 무덤에 위탁하고 말았습니다.
그러나 여기 칼라일이 살아 있습니다. 이자의
오만심에 대해 전하께서 내리실 판결 남았습니다.

볼링브로크

칼라일, 이것이 그대에게 내리는 판결이다.
세상에 알려져 있지 않은 곳으로 가, 그대가 여태   *25*
머물러온 데가 아닌 어느 승방에서 삶을 즐기라.
그렇게 해서, 평화롭게 살고 평온 속에 숨 거두라.
비록 그대는 항상 나의 적이었으나,
고매한 명예의 불꽃을 내 그대에게서 보았노라.

리처드 시신 담은 관 운구하여 엑스턴 등장 ✝

엑스턴

전하, 전하를 괴롭히던, 이제는 사라진 두려움   *30*
이 관에 담아 바치옵니다. 이 안에 전하의 적들 중
가장 강력했던 보르도 출신의 리처드
숨 끊어진 채 누워 있고, 여기 대령하였습니다.

볼링브로크

엑스턴, 난 고맙지 않다. 네 끔찍한 손으로
내 머리와 이 명성 높은 나라에 떨어지고야 말   *35*
치욕과 불명예의 악행을 저질렀기 때문이다.

엑스턴

전하께서 직접 내리신 분부대로 하였을 따름이옵니다.

볼링브로크

독(毒)을 필요로 하는 자 독을 좋아하지 않으니,

내가 너를 대함도 이와 같다. 나 리처드 죽기를 바랐으나,
그분을 죽인 자를 혐오하고, 죽임당한 그분을 애도한다.   *40*
양심이 불러오는 죄책감이 네 수고에 대한 보상이고,
나로부터 따스한 말 한마디나 군왕의 후의는 기대치 말라.
카인과 더불어 밤의 그늘 속을 헤매거라.
그리고 낮이건 밤이건 네 몰골 보이지 말거라.
경들, 내 영혼은 슬픔으로 가득하여,   *45*
내 생명 지속되려면 내 몸에 피라도 뿌려야 할 것 같소.
자, 내 슬픔에 동참하여 애도의 정을 함께 나누고,
즉시 검은 상복을 입도록 하십시다.
나는 성지(聖地) 향한 여정에 올라,
내 죄지은 손에 묻은 이 피를 씻으려 하오.   *50*
슬픈 장송의 행렬 따릅시다. 이때 아닌 운구(運柩) 좇으며
함께 눈물지어 나의 애도를 더욱 깊게 하여 주오.

모두 퇴장
막 내린다.

　〈리처드 2세〉는 셰익스피어가 쓴 다섯 번째 영국사극이다. 작품을 쓴 순서로 보면 첫 번째 4부작 ─〈헨리 6세〉1, 2, 3부, 그리고〈리처드 3세〉─ 보다 나중이지만, 작품 속에서 다루어지고 있는 역사적 사건은 첫 번째 4부작보다 시대적으로 훨씬 앞선 것이다.

　셰익스피어와 같은 시대에 살았던 크리스토퍼 마알로가 쓴 비극〈에드워드 2세〉에서 주인공 에드워드 2세가 감옥에서 살해된 후, 작품 말미에 그의 아들 에드워드 3세가 왕위에 오르면서 부왕을 죽인 역신 모티머를 처단하는 것으로 되어 있다. 에드워드 3세(1312~1377)는 아들을 일곱 두었는데, 그 첫째가 '검은 갑주의 왕자'(The Black Prince)라고 불렸던 에드워드(1330~1376)였다. 출중한 왕재였으나 부왕보다 먼저 사망하였으므로, 그의 어린 아들이 할아버지 에드워드 3세 사후 왕위에 올랐으니, 그가 리처드 2세(1367~1400)다. 리처드 2세는 그의 증조부 에드워드 2세가 겪었던 것과 똑같은 비극을 겪었는데, 증조부처럼 그도 반란군에 의해 투옥된 후, 감옥에서 살해당한다.

　리처드 2세를 폐위시키고 왕위에 오른 사람은 그의 동갑내기 사촌이었던 헨리 볼링브로크(1367~1413)이다. 리처드 2세의 숙부이자 막강한 권세를 휘두르던 랭커스터 공작, 존 오브 곤트(1340~1399)의 야심만만한 아들 볼링브로크는 리처드에 의해 국외로 추방되었다가, 그의 아버지 랭커스터 공작이 죽은 후 반군을 이끌고 와 리처드를 폐위시키고 헨리 4세로 왕위에 오른다. 그리고 곧 감옥에 갇혀 있는 리처드를 자객을 보내 살해한다.

셰익스피어가 〈리처드 2세〉를 쓰기 위해 참고하였던 문헌은 대략 서너 가지였으리라고 학자들은 추정한다. 셰익스피어는 그의 다른 영국사극들의 경우와 마찬가지로, 라파엘 홀린스헤드의 〈연대기〉(1577)에 언급된 역사적 사실들을 작품 형성의 축으로 삼아 〈리처드 2세〉(1595)를 썼다. 또한 그와 동시대에 살았던 새뮤얼 다니엘이 쓴 〈요크와 랭커스터 두 집안 사이의 내전〉(1595)이라는 제목의 서사시도 이 작품에 영향을 미친 것으로 학자들은 생각한다. 그리고 당시 많은 사람들이 애독하던, 유명인들의 비극적인 삶에 관해 시의 형태로 쓰인 전기(傳記) 모음인 〈통치자들을 위한 거울〉(1555)도 셰익스피어에게 작품 구성을 위한 자료를 제공했으리라 짐작된다. 또 에드워드 3세의 다섯째 아들 글로스터 공작, 토머스 우드스톡(1355~1397)을 주인공으로 하는 작자 미상의 극작품 〈토머스 우드스톡〉도 셰익스피어가 참조했으리라 추정된다. 그러나 우리가 무엇보다 염두에 두어야 할 것은, 셰익스피어와 동시대를 살았던 극작가 크리스토퍼 말로가 쓴 비극 〈에드워드 2세〉(1592)가 셰익스피어로 하여금 그에 필적할 만한, 아니면 그를 능가하는, 작품을 써 보겠다는 의욕으로 그의 창작열을 뜨겁게 하였으리라는 점이다.

극의 전개

1막 1장

리처드 2세의 사촌 헨리 볼링브로크는 왕 앞에 나와, 토머스 모브레이가 군비를 횡령하고, 일련의 정치적 음모를 획책하였으며, 임금과 볼링브로크의 숙부인 글로스터 공작 살해의 주범이라고 주장하며 그를 대역죄인으로 고발한다. 모브레이는 결백을 주장하며 볼링브로크와의 결투를 통한 심판을 요청한다. 왕과 랭커스터 공작 곤트(볼링브로크의 아버지)가 두 사람이 화해할 것을 종용함에도 불구하고 볼링브로크와 모브레이가 결투를 고집하므로, 왕은 결투가 시행될 때와 장소를 선언한다.

1막 2장

살해당한 글로스터 공작 토머스 우드스톡의 아내는 남편의 형인 곤트에게 남편의 죽음에 대한 복수를 청원하지만, 곤트는 그의 아우의 죽음은 하느님의 대리자인 임금이 사주한 것이므로, 그에 대한 응징은 오직 하느님만이 할 수 있다고 답한다. 글로스터 공작부인은 볼링브로크가 결투에서 모브레이를 제압하고 그를 죽이기를 기원한다.

1막 3장

볼링브로크와 모브레이가 막 결투에 임하려 하는 순간, 왕은 결투를 중지시키고, 볼링브로크에게는 10년, 모브레이에게는 종신의 추방령을 내린다. 모브레이는 때가 되면 볼링브로크의 역심을 왕이 뒤늦게야 맞닥뜨릴 것이라 예언하고 퇴장한다. 아들의 추방을 앞에 둔 곤트가 상심해 하는 모습을 보고, 왕은 추방 기간을 6년으로 줄여 주겠다고 하지만, 곤트는 그 세월이 다 가기 전에 자신은 죽을 것이라 말한다. 왕이 자리를 뜨자, 곤트는 아들을 위로하고 격려하려 애쓴다.

1막 4장

왕의 또 다른 사촌 오멀 공작은 볼링브로크가 추방의 길에 올랐음을 왕에게 보고하고, 왕은 볼링브로크가 국민들의 환심을 사려 애쓰는 것에 대해 적개심을 표한다. 그린은 왕에게 아일랜드에서 반란이 일어났음을 알려오고, 왕은 몸소 진압군을 이끌고 출정할 뜻을 밝힌다. 군비를 충당하기 위해 왕은 국토를 담보로 하여 돈을 빌리는 조세권 양도를 추진하고, 부유한 자들에게 대부를 강요키로 결정한다. 부시는 곤트가 중환중이며, 왕이 병상에 와 주기를 바란다는 전갈을 가져오고, 왕은 곤트가 빨리 죽어 그의 재산을 몰수할 수 있게 되기를 바란다.

2막 1장

임종을 앞둔 곤트는 죽기 전 왕에게 마지막 충언을 하겠다고 아우 요크 공작에게 말하고 난 후, 신성한 국토를 금전거래의 담보로 삼는 일을 서슴지 않는 왕의 실정을 개탄한다. 왕이 도착하자 곤트는 국가 원로의 자격으로 왕을 질책하고, 왕은 곤트의 직설적인 힐책에 격분한다. 곤트가 퇴장한 지 얼마 안 되어, 노섬벌랜드 백작이 곤트가 운명하였다는 소식을 전하고, 왕은 즉시 숙부 곤트의 전 재산을 몰수할 것을 천명한다. 요크 공작은 왕의 부당한 처사를 힐난할 뿐만 아니라, 왕위 찬탈의 가능성마저 암시한다. 숙부 요크의 경고에 귀 기울이지 않는 왕은 아일랜드 출정을 서두르면서 요크를 왕 부재 시의 섭정으로 임명한다. 왕이 퇴장하자 남아 있는 노섬벌랜드, 로스, 윌로우비 등은 왕의 악정을 개탄한다. 곧 이어 노섬벌랜드는 볼링브로크가 군대를 이끌고 영국에 상륙할 것이라는 소식을 전하고, 모두 볼링브로크에 합세하기로 뜻을 모은다.

2막 2장

왕비는 왕의 총신들인 부시와 배고트에게 이유를 알 수 없는 슬픔이 그녀 가슴에 엄습함을 토로한다. 이때 그린이 나타나 볼링브로크가 이미 영국을 침공하였으며 많은 사람들이 그에 합류하였음을 알린다. 요크도 그 자리에 도착하여 반란군 진압의 어려움을 토로한다. 요크가 군비를 마련키 위해 글로스터 공작부인에게 도움을 청하려 할 때, 그녀가 이미 숨을 거두었다는 사실을 하인의 말을 통해 알게 된다. 왕과 반란군의 수장이 다 그의 친족인 상황에서, 요크는 마음의 갈등을 겪는다. 부시, 배고트, 그린 세 사람은 신변의 위협을 느끼고 도주하기로 마음먹는다.

2막 3장

볼링브로크와 노섬벌랜드가 함께 진군하는 도중, 노섬벌랜드의 아들 해리 퍼시(일명 핫스퍼)를 만나는데, 그로부터 요크 공이 적은 수의 군대를 이끌고 가까이 있는 버클리 성에 머물고 있음을 알게 된다. 로스와 윌로우비도 반란군에 합류한다. 버클리 성주가 등장하여 볼링브로크가 반군을 이끌고 온 연유를 묻는 요크의 말을 전하고, 곧 요크가 등장하여 볼링브로크를 꾸짖는다. 볼링브로크는 다만 자신의 권리와 재산을 되찾기 위함이라고 변명하고, 수세에 몰렸을 뿐 아니라 볼링브로크의 명분을 거스를 수 없는 입장에 몰린 요크는, 중립을 선포하고 반군들을 버클리 성에 들어와 머물도록 허락한다. 볼링브로크는 브리스톨로 가서 리처드의 총신인 부시와 배고트를 체포하겠다고 말한다.

2막 4장

웨일즈인 부대의 지휘관이 솔즈베리 백작에게, 왕으로부터 아무런 소식이 없기 때문에, 자신은 더 이상 부대 해산을 막을 수 없다고 말한다. 왕이 죽었다는 소문도 떠돌고 다른 불길한 조짐이 있다고 덧붙인다. 솔즈베리는 왕의 몰락을 예감한다.

3막 1장

볼링브로크는 체포된 부시와 그린을 앞에 불러 그들의 죄상을 밝히고 그들을 처형할 것을 명한다. 그들의 죄상은 왕을 그릇된 길로 유도하고, 왕과 왕비 사이를 갈라놓았으며, 볼링브로크가 추방당하도록 획책하였고, 그가 추방된 동안 그의 재산을 점유한 것 등이라고 말한다.

3막 2장

아일랜드로부터 돌아온 왕은 볼링브로크가 이끄는 반란군의 위세에 대한 보고를 접하고, 낙관과 비관의 양극을 오가는 심한 감정의 기복을 보인다. 요크가 볼링브로크와 합류하였다는 소식에 왕은 절망과 체념에 빠진다.

3막 3장

볼링브로크는 플린트 성에 칩거하는 왕에게 노섬벌랜드를 보내, 그에게 랭커스터 가문의 재산을 돌려주고 추방령을 취소한다면 다시 왕에게 충성하겠다는 제안을 한다. 왕은 짐짓 위엄을 보이는 듯하나, 곧 볼링브로크의 제안을 받아들인다. 볼링브로크가 나타나기를 기다리는 동안, 왕은 절망의 상태에서 폐위와 죽음의 상념에 빠져든다.

3막 4장

실의에 젖은 왕비는 정원에서 정원사와 그의 일손들이 돌아가는 정국에 대해 나누는 대화를 엿듣게 된다. 그들의 대화에서 부시와 그린이 이미 처형되었고 왕도 곧 폐위될 것이라는 말을 듣고, 왕비는 크게 진노하지만, 정원사는 이미 다 아는 사실이라고 말하고, 왕비는 절망의 상태에서 런던으로 향한다.

4막 1장

웨스트민스터 홀에서 볼링브로크는 중신들의 회의를 주재한다. 체포되어 온 배고트는 오멀이 과거에 글로스터 공작 살해 모의에 관여하였다고 주장하고, 이 문제로 몇 사람이 서로 상대방을 비난하는 상황이 전개되다가, 나중에 결투를 통한 심판에 맡기기로 결론이 난다. 곧 요크 공이 들어와 리처드가 양위를 할 마음의 준비가 되어 있음을 알린다. 이때 칼라일 주교는 신권의 대행자인 임금을 폐위하는 일이 불가함을 역설한다. 노섬벌랜드는 칼라일 주교를 대역죄로 체포하고, 웨스트민스터 사원장에게 그의 신병을 맡긴다. 불려 온 리처드는 왕관과 왕홀을 볼링브로크에게 건네주는 '탈관식'(脫冠式)을 연출하고, 부탁한 거울을 들여다보며 왕권의 위세와 영광의 덧없음을 장탄식으로 들려준 후, 바닥에 던져 깨뜨린다. 대관식 날짜를 선포하고 볼링브로크가 그를 따르는 무리와 퇴장한 후, 뒤에 남은 오멀, 칼라일 주교, 그리고 웨스트민스터 사원장은 볼링브로크의 왕위 찬탈을 막을 계획을 세우기로 합의를 한다.

5막 1장

남편이 런던탑으로 호송되어 가는 길목에서 기다리고 있던 왕비에게 리
처드는 삶의 의욕을 상실한 체념 섞인 말을 들려주고, 곧 뒤따라 온 노섬
벌랜드는 계획이 바뀌어 리처드는 폼프레트 성으로, 왕비는 프랑스로 향
해야 한다고 전언한다. 둘이 함께 있을 수 있도록 해 달라는 애소는 받아
들여지지 않고, 둘은 애절한 석별을 서로에게 고한다.

5막 2장

요크는 그의 아내에게 볼링브로크가 런던에 입성하던 날 시민들로부터
그가 받은 환영과 그 뒤를 따르던 리처드의 초라한 모습을 눈으로 보듯
들려주고, 새로 즉위한 임금에 대한 그의 충성을 다짐한다. 귀가한 아
들 오멀의 품에서 볼링브로크를 살해할 계획에 서명한 사람들의 명단을
발견한 요크는 왕에게 음모를 고변하려 즉시 집을 나서고, 요크의 부인
은 아들 오멀에게 아버지보다 먼저 왕에게 달려가 용서를 빌 것을 종용
한다.

5막 3장

볼링브로크는 처음으로 그의 아들 해리, 일명 헬(후일 헨리 5세)의 허랑방
탕한 생활을 개탄하지만, 자식의 미래에 한 가닥 희망을 걸어본다. 오멀
이 도착하여 자신이 고백하고자 하는, 아직 저지르지 않은, 죄에 대한 용
서를 왕으로부터 미리 얻어낸다. 요크도 그 자리에 도착하여 역모를 꾀한

자들을 극형에 처할 것을 왕에게 진언하고, 요크 부인은 집요한 간원으로 아들 오멀에 대한 사면을 왕으로부터 받아낸다.

5막 4장

피어스 엑스턴은 볼링브로크가 자기에게 한 말을 반추하며, 리처드를 살해하라는 지시로 단정하고 이를 행동에 옮기기로 마음먹는다.

5막 5장

감옥에 갇힌 리처드는 고립과 고독을 이겨내려 안간힘하며 거의 정신착란의 상태에서 사변의 세계에 몰입한다. 한때 리처드의 마구간을 돌보았던 하인이 나타나 예전 모시던 상전을 위로한다. 리처드의 식사를 가져다주는 옥지기가 나타나 마구간지기를 내보내고, 그가 노상 하듯 리처드가 먹을 음식을 먼저 맛보는 것을 거부하자, 리처드는 그를 때린다. 옥지기의 비명 소리에 자객들이 몰려 들어오고, 리처드는 자객의 무기를 빼앗아 한두 명을 죽이지만, 결국 엑스턴에게 죽임을 당한다.

5막 6장

볼링브로크는 반란군이 모두 진압되었다는 보고를 받고, 이어서 시해 모의에 참여하였던 칼라일 주교가 잡혀 들어온다. 볼링브로크는 칼라일의 고매한 성품에 경의를 표하면서, 어느 승방에 칩거하며 여생을 보내라는 말과 함께 그를 용서한다. 엑스턴이 리처드의 시신이 담긴 관을 운구하여 들어와 왕에게 리처드의 죽음을 보고한다. 포상 대신, 어둠 속에서 평생을 고통 받으며 살라는 말을 엑스턴에게 한 후, 볼링브로크는 곧 선왕 시해의 죄를 씻기 위해 예루살렘으로 십자군을 이끌고 떠날 것을 천명한다.

리처드 2세의 비극

〈리처드 2세〉는 셰익스피어가 4부작 둘로 나누어 쓴 영국사극 여덟 편에 걸쳐 그려진, 영국 왕위 쟁탈을 그 기조로 하는 서사적 극 사이클의 시발점이 되는 작품이다. 쓴 순서로 보면, 첫 번째 4부작 —〈헨리 6세〉1, 2, 3부와 〈리처드 3세〉— 보다 나중이지만, 역사적 사실의 흐름으로 볼 때 제일 먼저 읽어야 할 작품이다. 문학 작품을 읽는 목적이 역사 공부를 하려는 데 있는 것은 아니지만, 이 여덟 작품들을 쓴 순서대로가 아니라 작품들에 담겨 있는 역사적 사실의 흐름을 좇아 읽어나갈 때, 우리는 셰익스피어가 가졌던 역사관의 실체는 어떤 것이었는지 그 윤곽을 파악할 수 있을 것이다.

이 작품의 주인공인 리처드의 비극의 본질은 그가 반란군에 의해 투옥되고 급기야는 감옥에서 살해당한다는 피상적 사실 그 자체에 있지 않다. 셰익스피어가 쓴 비극 작품들의 가장 내면에 존재하는 비극의 본질은, 주인공들이 '맹목의 의지'를 갖는 운명 때문에 고난을 겪고, 결국에는 변덕스런 운명의 여신의 노리개로 희생당해야 한다는 단순한 공식에 대입할 수 있는 것은 아니다. 리처드의 비극의 단초는 어찌 보면 왕재가 아니었던 그가 왕위에 오른 데 있다고 볼 수도 있겠다. 그러나 문제를 이렇게 단순화하면, 〈리처드 2세〉를 운명 비극으로만 보는 것이 된다. 오히려 셰익스피어는 리처드의 성격에서 그의 비극이 배태된 것으로 진단하고 있는 것 같다. "성격이 바로 운명"이라는 생각은 비극의 본질에 대해 아리스토텔레스가 언급한 '비극적 결함'과 연결지어 볼 수 있는 것이고, 리처드의 비극도 결국은 그에게 주어진 성격에서 그 근원을 찾을 수 있다.

셰익스피어가 그려 놓은 리처드는 군왕의 재목이 아니다. 마키아벨리가 〈군주론〉에서 피력한 바처럼, 군왕으로서 필요한 자질은 사자 같은 용맹과 여우같은 영민함을 동시에 구비함이다. 리처드는 그 둘 중 어느 것도 갖고 있지 못한 인물이다. 작품 초두에서, 리처드는 아일랜드에서 일어난 반란을 진압하려 자신이 몸소 출정하겠다는 결정을 내리는데, 이는 어리석기 짝이 없는 일이다. 이미 국가 재정이 바닥이 날 정도로 낭비의 극을 다한 상태에서, 국토를 조각내어 조세권을 나누어 주어 마련한 돈을 군비로 충당해가면서까지 통치자가 진압군의 사령관으로 출정할 필요가 있는가? 현실 감각이 무디기만 한 리처드는, 군대를 지휘하는 한 사람의 전사의 이미지를 자신에게 씌우는 데에만 도취할 뿐, 친정(親征)의 참된 의미를 왜곡하고 있는 것이다. 후일 헨리 5세가 프랑스와의 전쟁에서 영국군을 이끌고 프랑스에 진격하여 전쟁을 치르는 것과, 리처드가 자신의 통치권 안에 있는 아일랜드에서 일어난 민란을 진압하기 위해 몸소 출정하는 것 사이에는 큰 차이가 있다. 리처드는 꿈속에 사는 인간이고, 자기도취에 쉽게 빠져들 뿐만 아니라, 근거 없는 낙관론에 기대기도 하며, 쉽게 절망하고, 상황이 불리해지면 곧바로 죽음으로 그의 상념이 치닫는, 한마디로 불안한 정서의 인물이다. 리처드는 군왕의 자리에 있으면서, 그 자리를 유지하기 위해 필요한 자질을 갖추지 못한 자신의 실체에 대한 깨달음보다는, 전통사회가 그의 뇌리에 주입해 준 교리의 노예가 되어 있는 불쌍한 사람이다. 왕권신수설을 종교처럼 신봉하고, 그에 안주할 뿐 아니라, 그 교리가 뜻하는 참된 의미를 미처 깨닫지도 못하는 미몽의 상태에 있음을 보여준다.

리처드는 관객이 판단하기에도 숱한 잘못을 저질렀고, 특히 볼링브로크가 반란을 일으키는 직접적 원인이 되는 그의 부친 작위 승계 거부와 재산 몰수는, 부당한 처사라는 차원을 넘어, 어리석기 짝이 없는 반란 촉발 행위이다. 봉토를 분할받아 각기 재산권을 행사하는 영주들 고유의 권리를 왕이 존중하지 않을 경우, 그들로부터 국왕에 대한 충성을 기대할 수는 없다. 리처드가 왕위에 앉게 된 것도 장자상속(*Primogeniture*)의 원칙에 근거한 것이었기 때문이다. 랭커스터가 운명하자 곧바로 그 재산을 몰수한다는 리처드의 말을 듣고, 요크는 다음과 같은 말로써 이 처사의 부당함을 지적한다. 요크의 말 속에는 리처드의 처사가 신하들의 반란을 유발할 수도 있다는 경고가 이미 들어 있다.

> 추방된 허포드가 향유할 혜택과 권한을
> 강점하여 전하의 것으로 만들려 하오이까?
> 곤트 경 돌아가셨고, 허포드가 살아 있잖소이까?
> 곤트께서 옳게 처신하셨고, 해리가 그분의 적자 아니오?
> 곤트께서 대 이을 자손 있을 만한 분 아니었소이까?
> 그분의 대통 이을 자 훌륭한 아들 아니오이까?
> 허포드의 권리를 빼앗으면, 시간의 흐름과 더불어
> 대대로 승계되는 부자 상속의 관행을 깨는 것이오.
> 그러면 오늘 다음에 내일이 오지 않음과 같으니,
> 그대도 그대가 아닌 것이오. 정당한 순서와
> 계승이 아니었다면 그대 어찌 임금이 되었겠소?
> 하느님 앞에 맹세코 — 이 말대로 아니 되었으면 좋으련만 —
> 만약 그대가 허포드의 권리를 부당하게 침탈하고,
> 그가 법무 관료들의 도움으로 토지점유권을 주장할
> 기회를 주는 허가증을 취하하고, 그가 그대에게
> 봉토 수령인으로써 충성을 맹세함을 거부한다면,
> 그대는 일천 가지 재앙 떨어지도록 자초하는 것이며,
> 그대에게 성심을 다할 자 일천 명을 잃는 것이며,

영예와 충성을 소중히 여기는 자가 감히 생각 못할
그 못된 상념으로 나의 인내심을 부추기는 것이오.

(2막 1장, 189~208행)

　　그러나 우리는 리처드가 어느 모로 보나 군왕이기에는 부적절한 사람
임을 잘 알면서도, 그리고 그가 겪어야 하는 액운이 스스로 자초한 것임
을 충분히 알면서도, 그에게 파멸을 가져다주는 '안타고니스트'인 볼링
브로크와 비교해 볼 때, 훨씬 매력적이고, 관극에 임하는 동안 우리의
관심을 처음부터 끝까지 장악하는 무대 인물로서 그가 갖는 힘을 부정할
수 없다. 유약하고 무능한 군주로 그려진 리처드에게 우리가 매료되는
것은 어떤 연유에서일까? 그것은 리처드가 시인이기 때문이다. '시인'이
라는 어휘를 여기 도입한 것은 그가 시를 쓰는 사람이라는 의미에서가
아니다. 실상 리처드가 입을 열 때 마다, 우리는 범용한 일상에 그의 의
식이 머무르는 것을 기대하지 않는다. 시인이 갖는 특성 중의 하나는 주
어진 현실을 있는 그대로 보는 것이 아니라, 거기에 자신의 상상력을 접
목시키면서 그 나래를 펴 마음껏 비상하도록 하는 데에 있다. 볼링브로
크가 이끄는 반란군을 맞닥뜨리기 위해 다시 본토에 상륙한 리처드는,
낙관과 절망의 양극을 오가는 감정의 기복을 보인다. 자신이 신의 뜻에
따라 왕위에 오른 존재이기 때문에, 신권의 대행자로서 신의 가호를 받
을 것이라는 믿음으로 한순간은 용기백배하다가, 총애하던 몇 사람이
이미 처형되고 말았다는 소식을 접하고는, 곧바로 폐위와 죽음으로 그
의 상념은 치닫는다.

무덤과 지렁이와 묘비명 이야기나 하자꾸나.
흙을 종이 삼아, 눈물 흩뿌리는 눈으로
땅의 가슴에 슬픈 이야기나 적어 보자.

형 집행자들을 선택하고, 유언장 이야기나 하자.
하지만, 그건 아니지 — 폐위당한 나의 몸뚱이밖에
내가 땅에게 남겨줄 게 또 무엇 있단 말인가?
짐의 국토, 짐의 생명, 그 모두가 다 볼링브로크의 것.
그리고 짐이 짐의 것이라 말할 수 있는 건 죽음뿐 —
또 우리 몸의 뼈다귀들을 덮고 있는 반죽에 불과한
흙으로 빚은 육신의 그 보잘것없는 형상뿐 —
제발, 내 이르노니, 우리 땅바닥에 주저앉아
군왕들의 죽음에 얽힌 슬픈 이야기나 하자꾸나.
폐위되기도 하고, 전쟁터에서 죽기도 하고,
왕위 찬탈당한 원혼에 들씌워지기도 하고,
왕비에게 독살당하기도 하고, 잠자다 살해되기도 하고 —
모두 제 명에 못 죽으니 — 육신을 가진 군왕의
이마 관자놀이를 에워싸는 텅 빈 왕관 속에
사신(死神)의 궁궐 자리하고 있지. 거기 삶을 조소하는 자 앉아,
군왕의 위엄 비웃고, 군왕의 위세 하찮게 보느니,
군왕에게 숨 한 번 크게 쉬고 우스운 장면 연출하면서,
임금 노릇 해보고, 두려움 주고, 눈길로 간담 서늘케 하는
맛 보게 하여, 자만심과 헛된 망상으로 채우는 것 —
우리 생명을 에우르는 이 육신이 마치
난공불락의 놋쇠이기라도 한 양 — 이렇게 길들여진 후,
마침내 죽음은 오고, 작은 바늘 하나로
군왕의 성벽을 뚫느니 — 그리되면, 왕권이여 안녕!
내 앞에서 모자 벗을 것 없으니, 공연히 엄숙한 태도로
살과 피로 된 육신 조롱치 마오. 다 집어던지오.
존경도, 전통도, 형식도, 의례적인 허식도 —
그동안 그대들 나를 제대로 알지 못한 때문이오.
나 또한 그대들처럼, 밥 먹고 살고, 필요한 것 있고,

리처드 2세

슬픔 느끼고, 벗도 필요한 사람이니 — 이런 속박받는
나를 놓고 그대들 어떻게 임금이라 부를 수 있겠소?

(3막 2장, 145∼177행)

유려한 시이다. 그러나 반란군을 진압해야 할 군왕이 내뱉을 말은 아
니다. 볼링브로크가 그를 제압하기도 전에 리처드는 이미 정신적으로
왕관을 그에게 건네준 것이나 다름없고, 그의 상념은 벌써 무덤으로 달
려가고 있다. 권력이 지배하는 정치의 세계는 비정 그 자체일 뿐이다.
힘과 냉혹함만이 정적을 제압할 수 있는 정치의 세계에서, 감상에 젖고
자기 연민과 권력무상이라는 허무주의에 몰입하는 것은 시인에게나 걸
맞은 일이지 일국의 통치자가 보일 태도가 아니다. 이렇게 보면, 리처드
의 비극적 종말은 이미 예정된 것이다.

극 속에 그려진 정치적 상황에서 리처드는 분명히 패자이고 볼링브로
크가 승자이다. 그러나 작품 전체를 통해서 관객의 마음을 끌 뿐만 아니
라, 관객으로 하여금 자신과 동일시하게끔 만드는 극중 인물은 볼링브
로크가 아니고 리처드이다. 리처드의 과거 행적이 숙부 참살이라는 반
인륜적 행위로 얼룩졌고, 간신배들이 왕권을 농단하는 것을 허용하였으
며, 그의 숙부 랭커스터가 운명하자 전 재산을 몰수하는 파렴치 행위를
서슴지 않는, 한마디로 못된 임금이고 범법자라는 것을 관객은 잘 알고
있다. 그럼에도 불구하고 관객은 볼링브로크보다는 리처드에게 심정적
으로 가까움을 느낀다. 볼링브로크가 그의 부친의 사후 정당하게 승계
할 수 있었던 작위와 재산권을 부당하게 빼앗겼으므로, 그가 반기를 드
는 것은, 보기에 따라서는 당위성을 갖는다. 그러나 리처드의 오만방자
한 왕권 남용의 큰 피해자인 볼링브로크는 관객의 동정과 공감을 얻지
못하고, 리처드에 대한 관객의 연민이 극의 진행과 더불어 커짐에 비례
하여, 볼링브로크는 오히려 관객으로부터 심정적으로 멀어지게 되는 역

설적인 극적 상황 전개 속에 놓이는 인물이 된다. 왜일까?

셰익스피어는 동서양 어느 시대를 막론하고 금기시되었을 뿐 아니라 문학 작품에서 다루기에는 극히 조심스럽고 위험하기조차 한, 강압에 의한 양위, 즉 폐위와 왕위 찬탈이라는 문제를 이 작품의 중심에 놓았다. 중세적 가치관에서 왕권신수설은 도전받을 수 없었던, 범우주적 질서의 상징이었다. 하느님의 권한을 지상에서 대행하는, 신권을 위임받은 신성불가침의 존재로서, 임금은 인간세계에서 하느님 뜻의 현현(顯現)이었다. 글로스터 공작부인이 살해당한 남편의 복수를 시아주버니인 랭커스터 공작에게 청원하자, 무소불위의 권세를 갖고 있던 랭커스터마저도 이렇게 말하며 눈물로 호소하는 그의 제수를 달랜다.

> 이 한풀이는 신의 영역이오. 하느님 권세의 대행자,
> 도유를 받아 하느님을 대리하는 분이, 하느님 안전에서
> 글로스터의 죽음을 불러왔으니 — 그에 대한 복수는
> 우리 보기엔 억울하더라도 하늘에 맡깁시다. 나는 절대로
> 하느님을 대신하는 분께 성난 팔뚝을 치켜들지 않겠소.
>
> (1막 2장, 37~41행)

이와 같은, 왕권에 대한 절대적 순종과 외경을 요구하는 정통적 왕권신수설은, 임금의 부당한 처사나 무능, 혹은 용인키 어려운 실정이나 폭정 앞에서 반기를 들 수도 있다는 생각, 즉 '반란의 신조'(*Doctrine of Rebellion*)와 불가피하게 충돌하게 된다. 17세기에 청교도 혁명이 일어나고, 그 정치적 격동기에 찰스 1세가 처형되는 상황에 이르렀을 때, 당대 지성의 정점에 있었던 시인이자 사상가였던 존 밀턴은 왕의 처형을 긍정적으로 보았을 뿐 아니라 이를 옹호하였다. 나쁜 임금은 신으로부터 위임받은 권한을 악용하였고, 따라서 하느님을 욕보인 죄인이기 때문에

당연히 응징의 대상이 된다는 생각이다. 여기에 반하는 중세적 관념은, 나쁜 임금을 임금의 자리에 앉도록 한 것도 인간이라는 불완전한 존재가 알려야 알 수 없는 하느님의 뜻에 따라 이루어진 일이므로, 인간은 이에 순응해야 한다는 논리에 기반을 두고 있었다. 왕을 심판한다는 것은 하느님이 내린 결정을 인간이 가타부타 심판하는 것과 다를 바가 없다는 논리에 근거한다. 이 극에서 극적 긴장감뿐 아니라 극적 감동의 정점을 이루는 것은 주인공 리처드가 볼링브로크에게 왕관과 왕홀을 건네주며 스스로 '탈관식'(脫冠式)을 연출하는 장면이다. 양위를 공식화하기 위해 리처드가 등장하기 직전, 웨스트민스터 홀에 모인 모든 귀족들이 곧 왕위에 오를 볼링브로크 앞에서 이미 신하의 예의를 갖추기에 여념이 없을 때, 칼라일 주교가 나와 일동을 준열하게 꾸짖는다.

　　결단코 아니 되오!
　　왕친(王親)들 함께한 이 자리에서 제일 보잘것없는 나이지만,
　　성직에 몸담고 있기에, 진실을 말할 책무는 제일 큰 것 같소.
　　고귀한 분들 모인 이 자리에, 고매한 리처드를
　　옳게 심판할 자격 갖춘 어느 고매한 분 있도록
　　하느님께서 허하셨다면, 진정한 고결함은 결코
　　그토록 고약한 과오를 범하는 것 허용치 않을 거요.
　　그 어떤 신하가 그의 주군을 심판할 수 있단 말이오?
　　그리고 이 자리에 리처드의 신하 아닌 자 있소?
　　도적들도 그네들 범죄 행각이 아무리 분명해도,
　　청문을 위해 임석치 않고는 재판받지 않거늘,
　　하물며 하느님의 권위의 표상(表像)이시며,
　　하느님의 주장(主將), 종복(從僕), 선택된 대리인,
　　도유(塗油) 받고, 대관(戴冠) 의식 거쳐, 여러 해 보위(寶位) 지킨
　　그분을, 신하된 입장에서 열등한 입김으로, 그분 이 자리에

계시지도 않은데, 심판할 수 있단 말이오? 아, 하느님, 맙소사,
크리스트의 가르침 받은 풍토에서, 교화된 자들이
그처럼 끔찍하고, 참담하고, 저열한 행위를 범하다니!
나 신하들에게 말하고 있고, 신하로서 말하고 있소.
내 주군 위해 이처럼 담대하라는 하느님의 명대로—
그대들이 임금이라 부르는, 여기 있는 허포드 경은
교만한 허포드의 주군에게 흉측한 대역 죄인이오.
만약에 그대들 이 사람에게 왕관을 씌운다면,
나는 예언하오—영국인의 피가 이 땅을 흥건히 적시고,
앞으로 다가올 세월은 이 못된 행위로 인해 신음할 것이며,
평화는 투르크인, 이교도들과나 어울리려 떠나가고,
이 평화의 온상에는, 친족끼리, 그리고 동족끼리
살상하는, 어지러운 전쟁이 판을 칠 것이오.
무질서, 경악, 공포, 그리고 폭동이
이 나라에 자리 잡고, 이 땅을 일컬어
골고다 언덕, 죽은 자들 해골더미라 하리오.
아, 그대들 이 집안을 꺾고 저 집안을 세우면,
이 저주받은 땅에 일찍이 닥친 어느 때보다
더 참담한 분란을 불러오는 것 될 것이오.
막으시오, 거스르시오, 용인치 마시오.
그대들 후손의 후손들 원망 안 들으려거든—

(4막 1장, 114~149행)

　생명을 걸고 시국의 흐름과 세류를 거슬러 주변 인물들을 질책하는
칼라일의 용기는 우리를 숙연케 한다. 주어진 현실을 받아들이고 그에
순응하는, 생존을 위한 처세에 임하는 범용한 인간들과 섞이는 것을 거
부하고, 그의 소신을 웅변으로 들려주는 칼라일의 모습에서 우리는 전
통적 가치를 위해서는 죽음도 불사하는 한 지사의 숭엄한 용기를 본다.

그러나 우리가 여기서 분명히 알아야 할 것은 리처드에 대한 칼라일의 충성은 리처드라는 한 개인을 향한 것이 아니라, 리처드를 임금이게 한 신의 섭리와 그가 왕위에 있던 동안 유지되어온 기존 사회 질서에 대한 존숭심의 발로라는 사실이다. 우리의 역사를 보더라도, 한 왕조가 몰락하고 새로운 왕조가 시작될 때라든가, 한 임금이 폐위되고 새 임금이 등극했을 때, 전 왕조, 전 임금에 대한 충절을 굽히지 않은 예가 허다하다. 그것이 현실적 측면에서 올바른 선택이냐 아니냐를 떠나, 우리는 이런 모습 앞에 감동을 받고 마음이 숙연해지는 것이 사실이다. 새로운 질서 확립과 사회 변혁에 대한 의지가 중요한 것처럼, 전통과 구질서에 대한 존숭심과 충절은 인간이 가져야 할 아름다운 덕목임에 틀림이 없기 때문이다.

리처드를 폐위시킨다는 결정에 합의를 본 중신들을 향해 칼라일이 준열하게 일갈하는 장면은, 곧바로 리처드가 등장하여 '탈관식'을 행하는 장면으로 이어진다. 현실에서 리처드는 보잘것없는 패배자이고 폐기 처분될 운명에 놓인 가련한 존재이다. 그러나 리처드가 무대에 다시 나와 볼링브로크에게 왕관과 왕홀을 넘겨주는 마지막 '의식'을 스스로 맡아 주재하는 동안만큼은, 그는 영국이라는 나라가 아니라, 짧은 시간 동안이나마 한 좁은 극장의 무대를 완전히 장악하고 지배하는 순간을 향유한다. 리처드의 입에서 흘러나오는 유려한 대사 앞에서 할 말을 찾지 못하는 볼링브로크는, 무대 위의 인물로서는 그지없이 초라하게 보인다. 바로 이것이 리처드가 그의 진면목을 드러내는 순간이다. 현실 세계에서 실패한 리처드는, '탈관식'이라는, 스스로 연출하고 주역을 맡은 의식에서, 완전히 주도권을 잡고, 그 극적 상황이 갖는 의미를 완벽하게 보여준다.

아, 어찌해서 나를 왕 앞에 데려온 것이냐?
내가 다스릴 때 가졌던 내가 군주라는 상념을
나 아직 떨쳐 버리기도 전에 — 나 아직 환심 사고,
아첨하고, 절하고, 무릎 굽히는 걸 채 배우지 못했는데 —
나 이런 굴종에 익숙토록 슬픔이 가르쳐 줄 때까지
잠깐 기다려 주게나. 나 아직 잘 기억하네 —
이들 아첨하던 얼굴들을. 다 내 신하들 아니었던가?
한때 이들이 "전하 만세"하며 외치지 않았던가?
유다가 크리스트에게 그랬었지. 허나 열두 명 제자들
하나 빼곤 다 진실했지. 난, 만이천 명 중, 하나도 없구나.
전하 만세! 아무도 "아멘"하고 화답 안해?
내가 사제 노릇 집사 노릇 다 해야 돼? 그럼, "아멘."
                              ...
내게 왕관을 건네라. 자, 사촌, 왕관을 받게나.
자, 사촌,
이쪽엔 내 손, 그리고 그쪽엔 자네 손.
이제 이 황금 왕관은 깊은 우물과 같아서,
물통 둘을 번갈아 채우며 들락거리게 하지 —
빈 통은 허공에서 흔들흔들 춤추고,
다른 통은 물이 꽉 차 내려가 안 보이지.
눈물로 채워져 내려간 통은 나인데,
슬픔 마시는 중이고, 자넨 높이 오르는 중이야.
                              ...
자네가 나라 일 고뇌를 떠맡는다고 내 고뇌 덜지는 못해.
내 고뇌는 고뇌를 빼앗긴 것 — 해묵은 고뇌를 끝마쳤으니까.
자네의 고뇌는 고뇌를 얻은 것 — 새로운 고뇌를 획득했으니까.
내가 건네주는 고뇌는, 주어 버려도 내 것으로 남게 되는 것이,
그 고뇌가 왕관을 따라 가지만, 여전히 언제나 나와 함께한다네.

···

자, 내가 어떻게 스스로 왕 아니게 만드는지 잘 보게.
이 무거운 것을 내 머리에서 벗어서 주고,
이 거추장스런 왕홀을 내 손에서 떨어내고,
군왕의 위세를 내 가슴으로부터 몰아낸다.
나 자신의 눈물로 내 몸에 바른 성유(聖油) 씻어내고,
나 자신의 손으로 내 왕관을 내어주고,
나 자신의 혀로 내 성스런 지위를 부정하고,
나 자신의 입김으로 모든 의무의 선서를 해지한다.
모든 영화(榮華)와 위엄을 버리기로 맹세하며,
내 장원(莊園)과 임대지와 세수(稅收)를 포기하며,
내가 선포한 포고문과 법령과 법규를 무효화한다.

···

거울을 다오. 그걸 보고 읽으련다.
아직 주름이 덜 잡혔어? 슬픔이 이 내 얼굴 위에
그 숱한 가격(加擊)을 하였으되, 더 깊은 상흔을
남기지 못했나? 아, 거울도 아첨을 하는구나 —
나 한창 좋은 세월이었을 때 날 따르던 무리처럼,
거울도 날 속이는구나. 이 얼굴이, 날이면 날마다
왕실 지붕 아래에서 일만 명을 거느리던,
바로 그 얼굴인가? 이 얼굴이, 마치 태양인 양,
보려는 사람 눈부셔 눈 감게 하던 그 얼굴인가?
이것이, 그 숱한 망동(妄動)들을 눈감아 주다가 마침내
볼링브로크가 들고일어나도록 한 그 얼굴인가?
부서지기 쉬운 영광 이 얼굴에 빛나는구나.
이 얼굴도 영광처럼 부서지기 쉬운 것 —
〔거울을 바닥에 집어 던진다〕
저것 보아, 일백 개의 조각으로 산산이 부서진 걸.

말씀 없으신 임금, 잘 새겨 두시오, 이 장난의 의미를―
내 슬픔이 내 얼굴을 얼마나 빨리 깨뜨렸는지.

(4막 1장, 162~291행)

이 장면은 리처드의 참모습이 드러나는 순간일 뿐 아니라, 왜 그가 실패한 군주가 될 수밖에 없었는지를 암시적으로 보여준다. 리처드의 적수 볼링브로크는 실제의 삶에서 '연기'를 잘한 마키아벨리안이다. 리처드도 익히 보아서 아는 바이지만, 볼링브로크는 짐짓 자신을 낮추고, 그가 마음먹은 대로 주변 사람들의 마음을 조종하는 데에 능수능란한, 진정한 의미에서의 '연기자'이다. 그가 추방의 길에 올랐다는 말을 들은 리처드는, 평소 볼링브로크의 처신을 눈여겨보아온 터라, 오멀에게 이렇게 말한다.

짐과 부시는
그자가 평민들 마음 사려 하는 수작을 보아왔소.
자못 겸허하고 친근미 넘치는 인사를 건네며
그자가 어떻게 평민들의 호감을 사는 것 같은지―
비천한 자들에게 턱없이 과분한 존경을 표하고,
보잘것없는 기술자들을 미소의 기술로, 그리고
주어진 처지를 묵묵히 견디는 모습으로 미혹하니,
국민들의 애정도 추방 길에 함께 가져가려는 듯하오.
굴 따는 계집에게도 모자 벗고 인사하고,
짐수레꾼 짝패가 그자에게 하느님의 가호를 빌면,
그자는 무릎 굽혀 그것들에게 인사하며,
"고맙소, 동포들, 사랑하는 친우들" 하는 것이야―
마치 짐이 다스리는 영국이 제 것이라도 된 양,
그리고 짐에 이어 왕위를 물려받을 자이기라도 한 양.

(1막 4장, 23~36행)

이에 반해서 리처드는 어떠한가? 위에서 인용한 리처드의 긴 '탈관식' 대사에서도 접할 수 있듯, 그는 자신의 내면을 보여주는 것을 서슴지 않는 사람이다. 볼링브로크가 속에 들어있는 야심을 감추면서 짐짓 소박한 인간미를 가장할 수 있는 '연기'에 능하다면, 리처드는 자신의 내면세계를 거침없이 노정할 뿐 아니라, 그 노출의 순간을 즐기는 '나르시시스트'이다. 리처드가 왕관과 왕홀을 볼링브로크에게 건네준 후, 거울을 들여다보다가 그 거울을 바닥에 던져 깨는 장면은 상징적이다. 거울은 '나르시시즘'의 표상이기 때문이다. 거울을 던져 그것을 깨는 순간, 리처드는 자신이 여태껏 가져 온 자신에 대한 미몽에서 깨어나는 것이다.

리처드가 폐위되고 볼링브로크가 왕위에 오르는 과정이 무대 위에서 재현되는 것을 보며, 관객은 왕위를 빼앗고 빼앗기는, 성격과 능력을 달리하는 두 사람 사이에서 벌어지는 권력 탈취와 상실의 대칭적 구도에서만 이 작품을 볼 가능성이 크다. 리처드는 패자이고 볼링브로크는 승자이다. 전자는 그의 실정과 더불어 현실로 다가온 정치적 파국을 타개할 능력의 부재로 인해 왕위를 빼앗김은 물론, 감옥에서 비참하게 살해당한다. 후자는 그의 정치적 수완과 시운을 요리해나갈 능력이 뛰어남을 바탕으로, 한 임금을 폐위시키고 그 자리에 오른다. 그러나 셰익스피어가 이 작품을 쓴 목적이, 이 두 인물들의 성격과 능력을 대비시킴으로써, 왕권을 보유하고 쟁취하기 위해서는 어떤 인간이어야 하는가를 보여주는 데에 있었을까?

셰익스피어가 본 세상은 무대였고, 이 세상을 사는 인간들은 다 배우였다. 한 왕국을 다스리는 임금도 한 사람의 배우처럼 그가 맡아서 해야 할 역할이 있었다. 그리고 주어진 역할을, 연기를, 제대로 하지 못할 경우에는, 무대에서의 퇴장은 불가피하다. 한때는 리처드에게 충성을 다하던 요크가 새 임금이 등극하고 나서, 새 임금과 '헌' 임금이 런던 시내로 들어오는 모습을, 마치 무대에 등장하고 그로부터 퇴장하는 배우들에

견주어가며 그의 아내에게 들려주는 대사는 새겨들을 만하다.

> 그러자, 내 말한 대로, 위세 등등한 볼링브로크 공작,
> 등 위의 의기충천한 기수 누군지 아는 듯싶은
> 맹렬하고 불같은 기상의 준마에 높이 앉아,
> 천천히 그러나 위엄 갖춘 보조로 말 몰아가는데,
> 그동안 모두 입 모아 "볼링브로크 만세"를 외칩디다.
> 창문들마저 입 벌리고 말하는 것 같았으니,
> 젊은이 늙은이 할 것 없이 그 숱한 열광하는 무리,
> 공작의 얼굴 한 번 보려, 창문을 통해 그네들
> 욕구에 찬 눈길을 쏘아 보내고, 꽉 메운 군중으로
> 채워진 벽들은, 마치 벽에 드리워진 융단처럼,
> "예수님이 지켜 주오, 볼링브로크, 환영하오!"라고
> 외치는 것 같았소. 그동안 이리저리 고개 돌리며,
> 모자 벗은 머리를, 타고 있는 오만한 말 목 아래로 낮추며,
> "고맙습니다, 동포 여러분" 하며 응수합디다.
> 이런 행동거지 유지하며 지나갔다오.
>
>   …
>
> 마치 극장에서, 명연기를 보여준 배우 한 사람
> 무대를 떠난 후, 다음에 등장하는 배우에게 관객들이
> 시큰둥한 시선을 던지며, 그가 지껄이는 대사
> 지루하게 느끼듯, 그처럼, 아니 그보다 더한 멸시의
> 시선으로, 사람들은 리처드를 찡그리며 봅디다.
> 아무도 "주님의 보살핌 있으오"라는 말 한마디 없고.
> 아무도 리처드의 귀환을 기뻐하는 말 한마디 않고,
> 오히려 리처드의 성스런 머리에 흙먼지 던집디다.
> 기품 있게 슬픔 억누르며, 리처드는 그걸 털어내는데,
> 리처드의 얼굴은 눈물과 미소가 뒤범벅이 되니 —

그의 슬픔과 인고(忍苦)의 정신의 표징이라 ―
하느님께서 그 어떤 특별한 의도로 사람들 가슴이 쇠처럼
차게 되도록 하지 않으셨다면, 어쩔 수 없이 녹아내렸을 것 ―
그리고 야만인들조차도 리처드를 동정했을 거요.
허나, 이 모든 일엔 하느님의 뜻이 있는 법 ―
하느님의 높은 뜻에 차분하게 순종할 밖에 ―
우리는 이제 볼링브로크에게 충성 다할 뿐 ―
그분의 지위와 영예를 나는 무조건 인정하오.

(5막 2장, 7~40행)

세상이 무대이고 세상을 사는 인간들이 다 배우라면, 배우들의 등장과 퇴장을 지시하는 연출자가 있을 것이다. 셰익스피어가 본 영국이라는 무대에서 주된 연기를 하는 배우 ― 국왕 ― 의 등장과 퇴장을 지시하는 연출자는 하느님이었다. 영국이라는 무대 위에서 주역을 담당하고자 하는 배우들은 서로 먼저 나가 그 무대를 가능한 한 오래 점유하려 안간힘 한다. 그러나 그 순번은, 그리고 그 기간은 연출자 ― 하느님 ― 의 뜻에 달렸다. 영국이라는 조그만 섬나라의 통치를 신으로부터 위탁받은 리처드가 그 임무를 제대로 수행치 못했기 때문에, 신의 뜻에 따라 리처드는 폐위되어야 한다. 그리고 리처드를 왕위에서 물러나게 하는 자는 볼링브로크라는 야심 찬 한 개인이 아니라, 리처드 대신 볼링브로크를 왕으로 추대하는 봉건 영주들이며, 위에서 요크의 말을 통해 들은 바처럼, 민심이 이미 그렇게 기울어졌기 때문이다. "민심이 천심"이란 우리 속담도 있잖은가? 위에서 인용한 요크의 대사 중에 이런 말이 있다.

허나, 이 모든 일엔 하느님의 뜻이 있는 법 ―
하느님의 높은 뜻에 차분하게 순종할 밖에 ―

(5막 2장, 37~38행)

볼링브로크에게 왕위에 오르려는 야심이 있었던 건 사실이다. 그러나 그가 왕위에 오르게 되는 것은 그의 정치적 수완과 능력 때문만은 아니다. 볼링브로크는 결국 신의 뜻대로 영국을 제대로 통치하지 못한 리처드를 제거하기 위해 신이 고른 '도구'로서의 의미가 더 크다.

〈리처드 2세〉 다음에 셰익스피어가 쓴 〈헨리 4세〉 1부와 2부에서 보듯, 왕위에 오른 볼링브로크는 리처드에 의해 기울어진 국운을 다시 일으키고 민생을 안정시키려 노력한다. 그러나 왕위 찬탈과 선왕 시해라는 엄청난 죄를 지었다는 마음의 짐이 가져다주는 고통이 끊임없이 그를 괴롭힌다. 그리고 칼라일이 예언하듯, 랭커스터와 요크 양가 간에 왕위 쟁취를 놓고 30년간 벌어진 '장미전쟁'은 영국 땅을 피로 물들이게 되고, 이 모두가 리처드 폐위와 시해에서 출발한 것이다. 리처드는 나쁜 임금이므로 제거되어야 한다. 그러나 왕을 폐하고 시해한 행위는 용서받을 수 없는 죄이다. 그러므로 죄인은 고통과 고난을 겪어야 한다. 이 수난과 속죄의 과정을 그려 놓은 것이 〈리처드 2세〉의 속편이라고 볼 수 있는 2부작인 〈헨리 4세〉이다.

셰익스피어가 〈리처드 2세〉를 쓰고 있을 때, 그는 두 번째 4부작을 완결키 위해 다음에 쓴 작품들(〈헨리 4세〉 1부와 2부, 그리고 〈헨리 5세〉)을 이미 머릿속에 그리고 있었다고 믿게 만드는 증거가 있다. 〈리처드 2세〉라는 비극의 작품 전개에 전혀 필요치 않은 대화가 예기치 않게 나오는 부분이 그것이다.

볼링브로크:
허랑방탕한 내 아들 소식 아는 사람 없소?
내가 아들놈 마지막 본 지가 꼬박 석 달 되었소.
역병처럼 괴로운 근심거리 있다면, 그건 내 아들이오.
경들, 그 행방이라도 알게 되기를 바랄 뿐이오.

런던을 수소문해 보오─그곳 술집들을 중심으로.
내 듣기로, 내 아들놈 날이면 날마다 거기서
무절제한 파락호 무리들과 어울린다 하는데─
듣기로는, 좁은 골목에 서 있다가, 경비원을
때려눕히고 행인들 갈취하는 자들이라 하오.
나이 어려 방자하고 성숙지 못한 촐랑이인지라,
그처럼 형편없는 패거리와 작당하는 것을
오히려 자랑스럽게 생각하는 듯하오.

퍼시:
전하, 한 이틀 전에 왕자님을 뵈었는데, 그때
옥스포드에서 열릴 사열 행사에 대해 말씀드렸습니다.

볼링브로크:
그랬더니 그 한량 무어라 합디까?

퍼시:
왕자님 대답은, 갈보집에 가서,
싸구려 계집한테 장갑 한 짝 빼앗다시피 얻어,
그걸 연모의 징표로 몸에 지니고는, 창 꼬나 잡고
최강의 도전자를 낙마시키겠다고요.

볼링브로크:
막장도 마다하지 않듯 막무가내구려! 그러나
그런 가운데에도 무언가 희망의 불꽃 보이는구려.
어쩌면 나이 들어 이룩할지도 모르는─

(5막 3장, 1~22행)

이 대화에서 언급되는 볼링브로크의 아들 해리 왕자는 이 작품에 등장하지도 않거니와, 위의 짧은 대화는 〈리처드 2세〉라는 극의 전개에 있어 전혀 필요치도 않다. 셰익스피어가 해리 왕자의 존재를 〈리처드 2세〉 공연을 보고 있는 관객들의 뇌리에 심어주고자 하였는지의 여부는 차치하고, 극작가의 의식 속에 이미 해리 왕자의 존재가 자리 잡고 있었다는 사실이 중요하다. 해리 왕자가 누구인가? 아버지가 왕위 찬탈을 한 사람임을 알기에, 때가 되면 자신이 물려받게 될 왕위가 갖는 정통성에 대한 확고한 믿음이 결여된 상태에서, 의식 있는 젊은이답게, 주어진 사회적 위상에 위배되는 행동을 반사적으로 보일 수밖에 없었던 안쓰러운 상황에 놓였었으나, 때가 되면 지금까지도 영국민의 가슴에 새겨진 명군이 될 사람이 아니었던가? 해리 왕자는 아버지 볼링브로크의 죄 — 왕위 찬탈과 선왕 시해 — 를 업보로 하며 나중에 왕위에 오른다. 그리고 명군으로서 영국을 통치함으로써 아버지의 죄를 씻어낸다. 이것이 역사의 흐름이고, 이것이 신의 섭리의 발현이다.

물론, 〈리처드 2세〉라는 작품 속에 이 모든 생각이 극화되어 있지는 않다. 그러나 두 번째 4부작을 전체적으로 조망해 보면 이 모두가 입증된다. 첫 번째 4부작을 보면, 명군 헨리 5세의 아들 헨리 6세는 '호부견자'(虎父犬子)라는 숙어를 입증이라도 하려는 듯, 유약하고 미흡한 통치자로 〈헨리 6세〉에서 그려지고, 결국 요크가의 글로스터 — 후일 리처드 3세 — 에게 척살되고 만다. 모든 영국민들이 세월의 흐름을 초월하여 영국이 배출한 최고의 군왕으로 우러러보는 헨리 5세의 심약한 아들 헨리 6세가 비극적 죽음을 당하고 난 후, '붉은 장미' 집안(랭커스터 가) 출신의 마지막 군주였던 그를 척살한 '흰 장미' 집안(요크 가) 출신 글로스터 공 리처드는 그의 형 에드워드 4세가 병사하자, 에드워드 4세의 아들인 나이 어린 에드워드 5세를 살해하고 리처드 3세로 왕위에 올라 악행을 일삼다가, 오웬 튜더의 아들 헨리 리치몬드에 의해 보즈워스 전투에서 참살당함으로써, 오랜 세월에 걸쳐 지속된 '장미전쟁'이 끝나고, 헨리 리치몬드가 헨리 7세로 왕위에 오르면서 튜더 왕조가 시작된다.

셰익스피어가 그려 놓은 사극의 주인공들은, 이처럼 한 사람 한 사람에게 어떤 궁극적 의미를 부여하는 것보다는, 역사의 흐름 속에서 그 의미를 찾는 것이 중요하다. 이렇게 보면, 결국 셰익스피어 사극의 진정한 주인공은, 각 작품에서 스토리 전개의 한가운데에 놓인 인물 하나하나가 아니라, '역사' 그 자체라고 보아야 한다. 유구한 역사의 사이클을 통해 부침을 하는 각 시대의 중심인물들은 셰익스피어가 그려 놓은 역사의 파노라마 속에서 각기 주어진 역할을 부여받은 배우들이고, 진정한 주인공은 '역사' 그 자체이기 때문이다.

2011년 7월
이 성 일

셰익스피어 사극의 가계도

① 랭커스터 가(家)

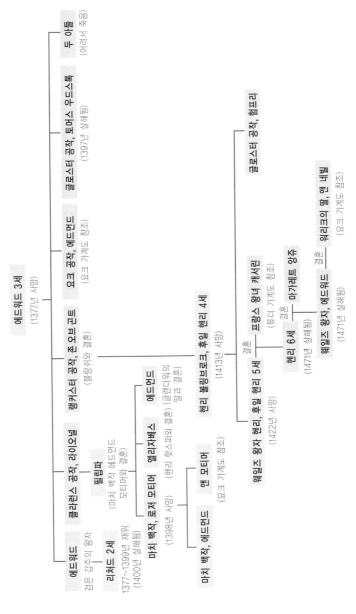

에드워드 3세
(1377년 사망)

에드워드
검은 갑주의 왕자

리처드 2세
1377~1399년 재위
(1400년 살해됨)

클라런스 공작, 라이오널

필립파
(마치 백작 에드먼드 모티머와 결혼)

마치 백작, 로저 모티머
(1398년 사망)

마치 백작, 에드먼드

엔 모티머
(요크 가계도 참조)

랭카스터 공작, 존 오브 곤트
(블랑쉬와 결혼)

헨리 볼링브로크, 후일 헨리 4세
(1413년 사망)

웨일즈 왕자 헨리, 후일 헨리 5세
(1422년 사망)
결혼 ─ 프랑스 왕녀 캐서린
(튜더 가계도 참조)

헨리 6세
(1471년 살해됨)

웨일즈 왕자, 에드워드
(1471년 살해됨)
결혼 ─ 마가레트 앙쥬

결혼 ─ 워리크의 딸, 엔 네빌
(요크 가계도 참조)

엘리자베스
(헨리 핫스퍼와 결혼)

에드먼드

요크 공작, 에드먼드
(요크 가계도 참조)

글로스터 공작, 토머스 우드스톡
(1397년 살해됨)

두 아들
(어려서 죽음)

글로스터 공작, 험프리

217

❷ 요크 가(家)

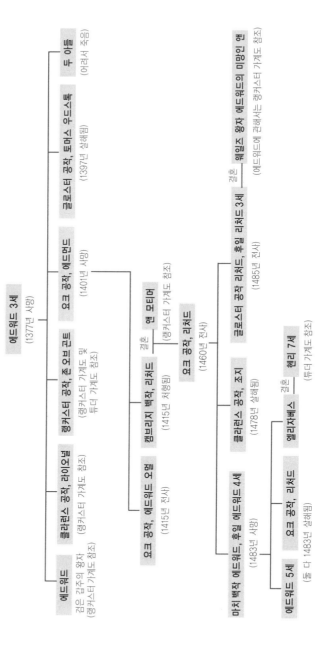

③ 튜더 가(家)

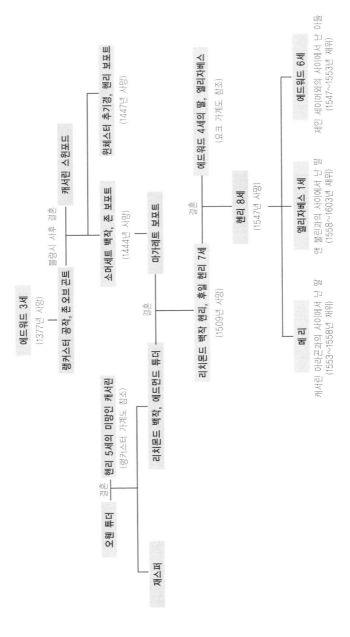

에드워드 3세
(1377년 사망)

랭커스터 공작, 존 오브 곤트 ———— 캐서린 스윈포드
                        블랑시 사후 결혼

소머세트 백작, 존 보포트   윈체스터 추기경, 헨리 보포트
(1444년 사망)   (1447년 사망)

마가레트 보포트

리치먼드 백작 헨리, 후일 헨리 7세
(1509년 사망)

리치먼드 백작, 에드먼드 튜더 ———— 결혼

오웬 튜더 ———— 헨리 5세의 미망인 캐서린
         결혼 (랭커스터 가계도 참조)

제스퍼

리치먼드 백작, 에드먼드 튜더

에드워드 4세의 딸, 엘리자베스
(요크 가계도 참조)

헨리 8세 ———— 결혼
(1547년 사망)

메리   엘리자베스 1세
캐서린 아라곤과의 사이에서 난 딸   앤 불린과의 사이에서 난 딸
(1553~1558년 재위)   (1558~1603년 재위)

에드워드 6세
제인 세이머와의 사이에서 난 아들
(1547~1553년 재위)

219